尧山壁文存

卷一 诗歌

河北出版传媒集团
河北教育出版社

图书在版编目（CIP）数据

尧山壁文存 / 尧山壁著. -- 石家庄 ：河北教育出版社，2022.10
ISBN 978-7-5545-7264-1

Ⅰ. ①尧… Ⅱ. ①尧… Ⅲ. ①中国文学－当代文学－作品综合集 Ⅳ. ①I217.2

中国版本图书馆CIP数据核字(2022)第189357号

尧山壁文存

YAOSHANBI WENCUN

作　　者　尧山壁

策　　划　董素山
责任编辑　任晓霞　赵莉薇　刘　贞
　　　　　乔　珊　崔　丽　谷　华
助理编辑　白馨宇
装帧设计　于　越
出版发行　河北出版传媒集团
　　　　　河北教育出版社　http://www.hbep.com
　　　　　（石家庄市联盟路705号，050061）
印　　制　河北新华第一印刷有限责任公司
开　　本　787mm × 1092mm　1/16
印　　张　183.75
字　　数　2400千字
版　　次　2022年10月第1版
印　　次　2022年10月第1次印刷
书　　号　ISBN 978-7-5545-7264-1
定　　价　558.00元

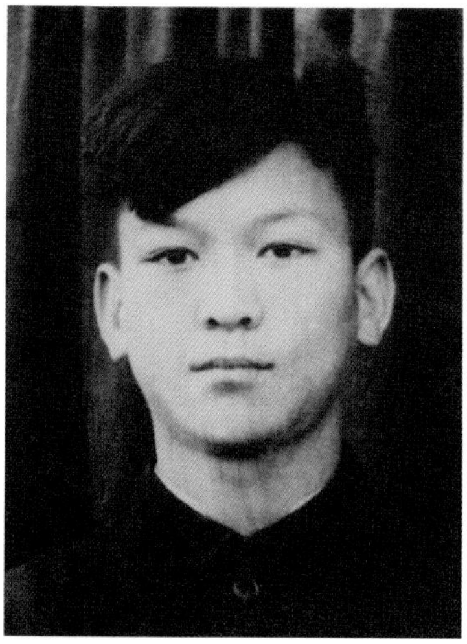

初中时期

大学时期

青年时期

中年时期

尧山壁的母亲

结婚照

全家福

1983 年在唐山农村调查

1986 年与刘白羽在高尔基故居

1994 年与臧克家合影（右一尧山壁，右二臧克家）

1994 年与汪曾祺合影（右二汪曾祺，右三尧山壁）

1997 年参加哥伦比亚世界诗人大会

2016 年与全国劳模苏瑞广合影

2016 年与妻子在哈密

2016 年在卢森堡歌德旧居

目录

早春拾遗

003　小枣树
003　山里春
005　水火
006　歇工
007　打蒜薹
008　追
009　脚印

田野短笛

013　俺村的姑娘
014　火人

015 宣传员
016 机手出嫁
017 公路通向公社
019 我们的机井
020 育秧室打开了大门
021 进山路上
023 女机手

胡家楼纪行

027 进寺沟
028 一条路
030 三棵树
031 海河

海河工地诗抄

037 大车王
038 半截镐
039 女焊工
040 这棵槐

大山歌

045 梯田
046 山路
047 紧紧挽起的手臂
049 草库囵

051　比茧会
052　我们的队委会
053　治山指挥部
055　林场场长

十年树木

059　十年树木
064　渡“江”曲

白洋淀

073　插队来到白洋淀
075　机井架颂

移山记

081　移山记

西柏坡

093　东渡黄河
095　春到五台
098　探头垴
100　温度计
101　露天书案
103　剪
104　镰刀

105　呼唤
106　两扇小窗
108　瓦刀
109　行军桌
111　留下一坡绿荫
112　补丁
113　夯之歌
114　土地证
115　沕沕水水电站

王家峪与赤岸

121　一支劲旅
122　另一个战场
123　一株红杏
124　无声的绿
126　一张报纸
127　朱总的马
129　呵！漳南渠

太行颂

133　狼牙山，我心中的瀑布
134　血色石
136　碗之歌
138　桥
139　太行颂

清西陵有感

147 西陵松
148 鸟巢
149 珍妃墓上的小黄花

旅顺抒怀

153 白玉塔
154 伤疤

泰山记游

157 挑夫
157 对山松

山旺化石

161 万卷书
162 山东鸟化石
162 蝙蝠的化石
163 蝌蚪化石

登天柱山（外三首）

167 登天柱山寻魏碑
168 到此一游
169 徐霞客

山路弯弯

173 山忆
174 长疯的树
175 风落枣
176 酸枣
177 山坡上的小路
178 太阳

春回曲

183 大伯镶了一口牙
184 鸡年
185 小磨香油王
186 插篱笆
187 抹水泥缸
188 买茶
190 年味
191 露水集
192 喂牛
193 地界牌
194 告别老茧
196 汛期
197 隔壁

秋到太行

201 北方屋檐下

202　秋到太行
203　炊烟
204　老槐树下
206　玉米吐出了红线线

心相印

211　歇畔
212　手印
213　新门楼
215　把田种到一块
216　河边

希望的田野

221　他走进绿色的邮局
222　戴墨镜的农民
223　一块奇异的土地
225　三棵石质的树

空中花园

229　阳光，小小的空中花园
229　长吧，儿子的脚
230　粉刷后的墙壁
232　我做了四个书橱
232　两种生活的煅接处
233　接到准迁证

234 存折
235 夜深了
236 卖破烂
237 金莲花

诗酒生活

241 我有一架舢板
242 听鼾
243 听酒
244 开酒
245 品酒
247 诗人的笔

中学回忆

251 进校园
252 班主任
253 我想到的黑板
254 地理教师

莫斯科之歌

259 抱起苏联儿童
260 过马雅可夫斯基塑像
261 挽联
262 列宁山
263 “钟王”与“炮王”

264 雄鸡

基辅留影

269 巴比沟塑像留影
270 索菲亚教堂
271 走出民俗馆
272 古桑吟
273 卡丽娜
274 瓦杜丁森林

涅瓦河

279 涅瓦河
280 舰广场
281 900 支火炬
282 眼睛
283 拐角楼
285 看吧
286 翻译尤拉
287 五花林

大海拾贝

291 航海日志
291 桅灯（外一首）
292 缆
293 有感

293 海堡新景

草原写意

297 初访青城
298 昭君墓
299 蝴蝶
300 百灵鸟

塞罕坝

305 练兵台抒怀
306 一架窝铺
307 三北防风林带
308 小滦河怀古
309 滦河源
310 林区小路

河西走廊行

315 疏勒河
316 左公柳
317 李广杏
319 月牙泉
320 莫高窟
321 我在古董滩上找寻

过青海湖

325 见昌耀
326 倒淌河

鸟岛两首

331 静静的产院
332 雏鸟试飞

柴达木之歌

335 道班
336 穿越历史
337 收获阳光
338 八月黄昏
340 格尔木河
341 汽车城
342 经察尔汗盐桥
343 钾肥厂
344 青藏线
345 送小放去西藏

倒计时

349 赴汤蹈火
350 倒计时
352 岷江

哈密记事

355　农十三师地窝子

356　三塘湖风电基地

357　沙枣

358　哈密瓜

呼唤科学

363　为郭守敬塑像

364　呼唤八仙

大道歌

369　他走了，在这乡村大道

372　父亲

理想篇

379　“来不及了”颂

382　理想，绝不待业

早春拾遗

小 枣 树

小枣树弯弯腰，
树上挂着黑板报。
张家姐姐写材料，
表扬哥哥劳动好。
画又画，描又描，
生怕一字写不好。
手捂嘴，嘴在笑，
手捂心，心在跳，
忽听背后有人叫，
书记拉着哥哥到。
张大姐，脸发烧，
双手摇红一树枣。

山 里 春

春进山沟，
疑是走错路，
刚刚春打六九头，
河开、雁来，

遍地是耕牛。

被社员拦道截住，
领它串山游，
公社正点兵，
雪山踩成路，
敲碎冰河用双手，
清水滚滚田里抽，
送粪担儿吱扭扭，
一行大雁过山头，
风摆柳，浪点头，
处处喊加油。

前有旗逗，
后有鞭抽，
靠山山摆手，
近水水笑皱，
春啊，跺脚，摇头，
变得串串耧铃，
“等等，等等”……
日夜追在人声后。

1958.5

水　火

咱俩结婚时，
有过多少波折——
你娘嫌我憨，
我爹说你泼，
算命先生说八字克：
你是水，我是火！

凑巧今天全应着，
你开锅驼机管水，
我在铁匠炉看火，
你因那泼性格，
驯服了一条龙，
我有这憨力气，
打出来好家伙。
你娘我爹到处说：
俺家出了俩劳模！

算命先生见你我，
一个劲儿饶口舌：
好猛的水！
好烈的火！
都是公社福气大，

什么灾星都冲破！

1961.9

歇　工

歇工哎！
井台变成梳妆台，
人眼是镜子，
对坐梳起来。

嫂嫂看妹妹，
直把嘴笑歪，
头发蓬松像堆柴，
怕人不知女秀才，
墨水染两腮……

妹妹看嫂嫂，
笑出泪珠来：
瞧你起床多草率！
哥哥的纪念章，
当作发卡戴……

梳起来！梳起来！
刘海儿能藏情，
辫梢儿能系爱，

别让人说好劳动，
就不懂穿和戴。

梳着梳着妹发呆，
梳子溜下来，
嫂嫂回头喊奇怪，
是哪个刁羊倌？
鞭声单朝这边甩！

1961.9

打 蒜 薹

地里蒜帽刚发白，
招呼打蒜薹，
专抢晌午日头晒，
趁热拔得快。

左手捋呀右手拽，
声声好似叫蟋蟀，
叫得小伙心头痒，
手脚乱起来。

埋怨旁边那人哎，
为何头不抬？
蒜到小满不抽薹，

难道老成一根柴?

姑娘眼尖嘴又快，
怪他薹把有钩拐[1]，
鼻子拧成独头蒜，
辣得小伙嘴巴歪。

小伙头儿低下来，
凉了心里那盘菜，
傻眼怔怔看蒜薹，
一头青，一头白。

1961.9

追

去年扁担挑石头，
他自负力气大如牛，
明知有人在身后，
犟牛硬是不回头。

吱扭扭，吱扭扭，
姑娘急得泪水流，
问她眼睛红什么，

[1] 打蒜薹要随时甩直，头上有钩不好。

她说火气上了头。

今年姑娘驾铁牛，
把他甩在身后头，
倒车镜里不住瞅，
提防拖车脱了钩。

呼哧哧，呼哧哧，
小伙子累得喘气粗，
问他着急追什么？
他说喜欢闻汽油。

1961.9

脚　印

他走了，留下这多脚印，
在这段初会的小路，
多想捡起来轻轻拂，
怕它们淋了雨、蒙了雾。
这段路来回多少步，
多想从头数一数，
这段路留下多少话，
多想捧起来读一读。

啊，小路，

记忆里一串明珠，
生活中一段乐谱，
跳动着多少欢快的音符。

1966.3

田野短笛

俺村的姑娘

俺村姑娘爱逞强，
干活吵架一起上。

走路一样快，
说话一样响。

一样服装一样辫，
人人胸前印个“奖”。

演戏多半台，
开会多半场。

黑板报上写文章，
字字犹如锣鼓响。

浇、锄、犁、耙、耩，
铁、木、泥水匠……

拿起放得下，
样样都在行。

每次分工吵一仗，

总把小伙儿压一膀。

村里小伙子常受气，
明里不服暗里想。

1962.10

火　人

头上戴不住帽，
身上穿不住袄。

雪挨身就化，
冰踩上就消。

六尺红脸大汉，
一块火炭在燃烧。

走到哪里哪里热，
哔哔剥剥火星冒。

红榜总占第一名，
红旗总在头上飘。

火人火力哪里来？
工地人人都知道。

身上有鬼子留下的伤疤，
心上有红太阳光辉照耀！

1962.10

宣 传 员

几辈子榆木疙瘩，
三斧子砍不出一句话。

这一代改了门风，
社员送号“活喇叭”。

讲学农业口若悬河，
谈水利化流水哗哗。

抡大锤数头个，
搞宣传先出马。

一句话能使人破涕为笑，
一席话能解开多年疙瘩。

工地夜校讲演，
话头像机枪哒哒。

父母捎来信把你夸：
“工地上铁树也开花！”

1962.10

机手出嫁

叮叮咚咚山泉水，
吹吹打打喇叭花，
老天也送个好日子，
我们的机手要出嫁。

多少小伙追求她，
多少大队盘算她，
思想过硬技术好，
机器活全拿得下。

哪个小伙不想她，
屋里添枝光荣花，
哪个大队不盼她，
村里一杆红旗插。

东庄请她看铁牛，
新车新鞍等人驾，
问她动心不动心，
小伙可劲按喇叭。

西庄请她修钢马，
看上姑娘好手法，
七十马力拉不动，
机器修好又走啦。

北庄是个老穷队，
小伙说话也羞答：
“俺村耕地还靠人力，
乡亲们请你拉一把。”

姑娘眼睛亮火花，
终身大事选上他，
立志雪中来送炭，
不愿锦上去添花。

千人赞呵万人夸，
山风处处传佳话，
这才是咱们好机手，
真正爱上了农业机械化。

1963.10

公路通向公社

公路通向公社，

一条奔腾的河，
马蹄翻着浪花，
车辆推着大波，
几里之外呵，
就听到涛声欢歌。

公路通向公社，
一条跳动的脉搏，
脚步踏实紧迫，
车轮迸着星火，
一踏上它呵，
就感到滚烫发热。

公路通向公社，
像高压电缆铺设，
中南海的期望，
工人阶级的嘱托，
谁能算得清呵，
你有多大的负荷。

公路通向公社，
新长征路上的铁索，
多少新的勇士，
驾着风云飞过，
高速公路上呵，
跑着我们的祖国。

1964.4

我们的机井

我们的机井，
大地的群星，
当群井汇流的时候，
就看到银河奔涌。

我们的机井，
大地的喉咙，
当机井大合唱的时候，
就听到乡亲们的感情。

在抢种的春天，
抗旱战斗如火熊熊，
说起我们的机井，
就像提起加油的油桶。

在金色的秋天，
陶醉于丰收的年景，
提起我们的机井，
就像抱起浓香的酒瓶。

1966.4

育秧室打开了大门

雷打惊蜇一声春，
育秧室打开了大门，
涌出了一条碧水呵，
飘出来朵朵绿云。

请伸开双手接住吧，
这今年早来的阳春，
绿色的风吹啊吹啊，
老人们脸上泪花滚滚。

请瞪大眼睛检验吧，
咱这透明车间的产品，
绿色的浪拍呵拍呵，
拍热了乡亲们的心。

拖拉机批发了喜讯，
大叫大嚷地飞奔，
在田野的机耕道旁，
撒下了一片片绿茵。

插秧机领到了新“针”，
手舞足蹈地缝纫，

给太行山的梯田，
织出一件花裙。

只有布谷受到“将军”，
一声声叫得更紧，
今年春从哪里来呵？
它到处追踪问寻。

终于找到春的工厂，
育秧室打开了大门，
就是它，吞下了一冬冰雪，
吐出了我们大干快上一片心。

1966.4

进山路上

治山会战大动兵，
车水马龙，齐往山口涌。
退休的老县长，
自告奋勇，当了交通警。
手旗舞，口哨鸣，
有红灯，有绿灯，
业务还挺精。

漫来的人流顺了槽，

流得可真畅通；
一团乱麻理成线，
过岗拧成一条绳，
骑车载人的愣头青，
见他有了自觉性，
老远脸就红。

只有老伴不服从，
动不动就闯红灯：
“别在人前挺得硬，
回家半宿嚷腰疼。”
是嗔怪呀是批评，
一只饭罐热腾腾，
递上交通亭。

老县长，交通警，
日日上岗天不明，
他看见山山水水排好队，
正顺着十一大路线行，
条条大道似传送带，
“四化”的机器正转动，
老县长一颗闪光的心，
甘愿做颗螺丝钉！

1964.4

女 机 手

地里吃，车上眠，
司机楼是房一间，
风梳头，汗洗脸，
梳妆台在方向盘。

身上常闻机油香，
兜里不离锥和钳，
不是姑娘不打扮，
一心打扮公社田。

说媒的，地头问，
求爱的，路上撵，
大姐年过二十三，
终身大事拖到哪一天？

姑娘含笑亮条件，
婚期订到八零年，
陪送要的千斤粮，
迎亲开来过“江”船。

1964.4

胡家楼纪行

进寺沟

进寺沟，一步一点头，
百花依然红，清水照样流，
成群鱼儿向客游，
哪像是一千毫米大雨后？

向导说话像讲古，
一九三八、一九五六，
牛腰大石顺水走，
剩下一条光屁股……

莫非老天也是软骨头，
怕硬欺软躲过胡家楼，
分明拦洪坝里有“俘虏”，
主动向人讲不休：

老天要报复胡家楼，
倾泻下一肚子冤仇，
洪水像肆虐的野马，
闪是旗号，雷是战鼓。

一着地就中了埋伏，
被拦杀得无路可走，

鱼鳞杀得无路可走，
水平沟前栽了跟头。

挑战的洪水全军覆没，
寺沟呀一层油皮都没丢，
感谢老天来比武，
更壮了公社山水图。

放眼寻，谁是寺沟筋骨？
是七百道拦水坝？
九万个鱼鳞坑？
十万株挺立的树？

不！是四十名林业队员，
四十根顶天柱，
还有那七天暴雨浇不灭的，
四十盏灯篓！

1963.8

一 条 路

寺沟是太行一串珍珠，
小路是穿珠的丝线，
寺沟是山区的一面红旗，
小路是撑旗的旗杆……

闪闪亮亮一条银练，
弯弯曲曲爬上云端，
跳过几十条小溪，
切断几十座小山。

就像胡家楼人爱攀登，
就像胡家楼人爱斗天，
小路踩着石头、浪花，
正大步向上伸展。

冬天，冰雪封不住，
夏天，洪水冲不断。
白天，镐头相碰，
夜晚，火把相连。

九年的日日夜夜，
小路像绷紧的弦，
汗水洗出一条路，
脚板磨光了石板。

说它轻轻飘飘一条线，
能挽住洪水不下山，
说它曲曲弯弯羊肠路，
年年流过粮果千万担。

走趟寺沟一条路，
带走一双铁脚板，

就是脚下这条路啊！
牵动太行万座山。

1963.8

三 棵 树

沿着寺沟小路走，
找到了渴望的三棵树，
老橡，白杨，苹果树，
这是寺沟的另一条路。

一株苍劲的老橡，
从石缝里倔强地长出，
正像栽它的老人马秀，
熬过了一辈子艰苦。

一身累累的刀痕，
早早压弯的身骨，
诉说那放坡的山主，
怎么容不得一棵树。

顶着抗日战争的烟雾，
这棵白杨挺身而出，
栽树人游击队长马聚山，
为标记第一个互助组。

白杨啊耸立沟口，
讲二十年合作化道路，
白杨啊领一沟“队伍”，
去占领每一个山头。

孙女兴兰刚学走，
就跟在爷爷、爸爸后头，
区长送她一棵苹果苗，
她栽在了老橡、白杨前头。

中学毕业回寺沟，
根子扎在山里头，
苹果开花一沟香呀，
志在把山区变锦绣。

爷爷，爸爸，小兴兰，
八十，五十和十五，
三代人呀三棵树，
寺沟一条红色的路。

1963.8

海　河

在这个太行深山的村落，

没有一个人见过海河，
可是那没见面的海河啊，
又真的流过每个人心窝。

小学生托腮画着，
小伙子跷脚望着，
老年人梦里头捉摸，
姑娘们嘴里编它的歌。

马聚山去天津开会，
全村人都跑来嘱托：
“一双眼代表六百双眼，
千万替咱看一看海河……”

马聚山真的带回来了“海河”。
一瓶浑浊的水顶着泡沫，
六百双眼吃惊地瞪圆，
看“海河”从手上慢慢流过。

像旧社会灾民的泪水，
像去年那无情的洪波，
黄沙刺疼了社员们的眼睛，
浊浪撞击着社员们的心窝。

有谁发现瓶盖上一行小字，
是天津几位劳模精心雕刻：
“因为有了你们胡家楼啊，
这海河水已经清了许多。”

一句话带多少情意！
一瓶水含多少嘱托！
一滴水都是一只眼睛啊，
问我们应该怎么做？

1963.8

海河工地诗抄

大 车 王

特制的辕，
特制的笆，
更有特殊材料——
共产党员的骨架。
不怕压，
你看我，
气攻骨节嘎叭响，
劲头憋成肉疙瘩。

伙计们，
放手装吧，
轻载怎配烈性马。
箱上接箱，
笆上接笆，
车不吱声，
人不咬牙，
你装上一座大山，
我倒下来一条大坝。

小小土车，
装得下，
沧州狮子景州塔，

装得下，
三十六泊七十二洼。
毛主席一声令下，
千年灾害，
万年贫困，
都得归咱押送，
——搬家。

1964.3

半 截 镐

挖河挖见旧战壕，
土浪涌出半截镐，
手拿烟锅一声敲，
一声敲，
好像吹起集合号，
全连民工都来到，
眼光像磁石吸住了。

三十年前这把镐，
先辈用它挖战壕，
刨秃了刃，
刨没了角，
刨走了多少苦岁月，
才刨到今天这新河道，

这根治海河的大工程，
早从那时就开工了。

敢说先辈英雄们，
镐头下看见这新河道，
断言先辈英雄们，
战壕里听见浪滔滔。
接过先辈半截镐，
坚决拿下这新碉堡，
一镐起呀万镐落，
扯起闪电一道道。

1964.3

女焊工

治河女焊工，
一名大裁缝，
爬高把天纳，
俯身将地缝，
焊枪是根绣花针，
风雨做线，日月当灯。

要为平原换新衣，
给大地披一身春风，
一条条排河像衣缝，

修闸好比把扣儿钉，
寸把厚钢板，
市布一样轻。

吞一天风雪，
吐万朵花红，
缝呀缝，
缝住一切决口，
堵死一切漏洞，
怀揣一把“红烙铁”，
要把万年洪波熨平。

1964.3

这 棵 槐

大伯院中一棵槐，
周周正正长成材，
姐姐指望做衣柜，
哥哥打算把房盖，
大伯一概没理睬，
时机不到莫乱猜。

毛主席指示传下来，
治河喜讯扑进怀，
大伯进门哈哈笑，

槐树底下把会开，
好钢使在刀刃上，
今天用着这棵槐。

苦水洼，宁晋泊，
三年两头闹水灾，
穷人性命如草芥，
随水漂泊四乡外，
手中只有讨饭棍，
水深火热步难迈。

霹雳一声乌云开，
毛主席救咱出苦海，
最后一根讨饭棍，
连着苦情窗前栽，
苦根生芽放奇彩，
苦根深深心里埋。

常培土，勤灌溉，
锄把量着长起来，
风吹槐叶唱新歌，
月照槐影画未来，
盼望的时辰可到来！

为造治河特号车，
刨下心头这棵槐，
比着咱贫农志气量，
照着咱贫农心愿栽，

憋了半生的斗天劲，
今朝一下子往外拽！

汗水当作膏车油，
槐树作车拉重载，
一车送走老碱洼，
万车拉不尽今日爱，
千年灾害今送走，
拉来一个新时代。

1964.5

大山歌

梯　田

从下往上看，
是梯田垒成的山，
谷穗的花纹，石堰的花边，
编一座丰收的大囤圈。

从上往下看，
是大山铺开的田，
谷子黄一层，高粱红一圈，
描一幅好壮丽的画卷。

整整齐齐像架大字盘，
那行行禾苗，点点热汗，
排出了多少篇重要文章，
发在报刊头条头版。

层层石堰，道道螺旋，
一把螺号响彻群山，
一曲曲胜利的凯歌，
把千沟万壑填满。

看到这一块块堰石，
就想起山里人手上的老茧，

大手粗纹像把锉，
锉平了多少山尖。

看到这一条条石堰，
就想起山里人的双肩，
膀宽腰直一道坝，
抗过多少雹打洪淹。

一道石堰，一层梯，
引我们向上登攀，
这最好的农业展览馆呀，
每块石头都是讲解员。

1975.10

山　路

曲曲弯弯，
缝云穿雾的线，
亮亮闪闪，
社员赶山的鞭。

跳过河谷，
切断小山，
冰雪封不住，
洪水冲不断。

光彩耀眼，
一行金色的语言，
射向云天，
一支飞响的箭。

像条条传送带，
日夜不停运转，
把村委会的号令，
传达到每块山岩。

脚下这条路啊，
牵动万水千山，
这条路上走一遍，
带回一双铁脚板。

1975.10

紧紧挽起的手臂

支委会学习团结、胜利，
不由地紧紧挽起手臂，
这紧紧挽起的手臂，
是个横写的大字“一”

刚开工，它是一条绳，

把贫下中农干劲拧在一起，
马不够，人扛石料，
牛不够，人扛水泥。

现如今，它是一条扁担，
把千百新愚公的志气凝聚，
搬山改河道，
担土造田地。

明天它会是一道大坝，
把咆哮的漳河拦腰截起，
戴上钢铁鞍鞯，
变成十万匹马力。

后天它会是一条长渠，
飞跨河谷，穿透山脊，
把低水牵上山，
把东水调向西。

这紧紧挽起的手臂，
是一道铜墙铁壁，
风吹浪打更坚固，
竖立在社员心里。

1975.10

草库囵

牧民用草坯或石头垒成圆形围墙，将草原圈起来，种植优质牧草，供牲畜过冬。

莽莽草原是大海，
你就是小岛的边缘，
抵挡风暴袭击，
阻止沙浪泛滥，
圆圆的石头墙，
一道冲不垮的海岸。

千里沙滩是战场，
你就是战斗的营盘，
向一穷二白宣战，
把干旱盐碱聚歼，
圆圆的石头墙，
是最后一道包围圈。

老巴图说呵，
你是草原的羊栏，
年年卧白云一团；
老额吉笑呵，
你是牧民的花边碗，

天天闻见奶香随风传。

姑娘们舞呵，
说你是花轱辘车轮，
载着我们的帐篷向前；
小伙子跳呵，
说你是最好的套马圈，
从此驾驭了整个草原。

美术家说呵，
你是一块调色板，
描绘草原的春天；
歌手们说呵，
你是一朵朵鲜花，
连成献给祖国的花环。

我说呵，
你是牧民的心田，
铺展在阳光下面；
我看呵，
让兴旺在这儿定居，
你是丰收的产院。

1975.9

比 茧 会

刷，伸出来，
三十双手掌，
看啊，
县委会茧花怒放，
不光色彩黄黄，
还有特别的芳香。

农林局长的手上，
像垒了一道坝，
工业局长的手上，
像铺了一层钢，
县委书记的手上，
一层层，一堆堆，
像是秋天的打谷场。

团委书记的手，
变化更不寻常，
下放三年在山乡，
嫩手磨成铁巴掌，
是多少门大“炮”，
把身上娇气轰光。

三十双手在群众中，
四季风云手中掌，
三十双手在劳动中，
千锤百炼成了钢，
从三十双茧手，
看到全县山河图样。

1975.9

我们的队委会

一声传要开队委会，
迈开双腿往这儿飞，
你挟着翻地的锹，
我扛着开山的锤，
那亮闪闪的汗珠，
就往一处汇，
那轰隆隆的锤声，
就往一处擂。
一年四季开过多少会，
哪次也不曾在屋内。

那次规划“大狼峡”，
脚趟半尺冰凌水；
那回去摸“老虎嘴”，
把一天风雪全搅碎；

还有参观沙石峪，
八百里才开完那个会。

不管你队长和队委，
也不论大伯与小妹，
眼睛直通心，
红心连着嘴，
批评就批评个痛快，
直到你明白怎么才对；
辩论就辩论个彻底，
直到他脸上红潮褪。
五年计划怀中揣，
让它主持我们的会，
把咱所作和所为，
一字一句来查对。
立正了，不要稍息，
落后的，向前看齐，
我们每次队委会，
就是“思想搞整队”。

1975.3

治山指挥部

那就是我们的指挥部，
高踞于群山之巅，

白天像旗一面云一片，
晚上像星一颗灯一盏，
四面垂下的小路，
像一条条电话线。

不站得这么高，
怎么能看得远，
不站得这么高，
怎了解风云变幻，
大打农业翻身仗，
就要首先占领制高点。

这就是我们的指挥部，
眼界是这么宽，
四面窗俯视群峰，
四根柱撑起蓝天，
瞧这一条条石凳上，
坐着一架架大山。

不是胸怀这么宽，
怎能容纳全县河山，
不是胸怀这么宽，
怎能盛下三十万人的心愿，
看那每一座山头都伸出手来，
要求“大上快变”。

一张张规划图案，
布下雷鸣电闪——

一条蓝线，
要牵来一条河，
一支红箭，
要劈开一座山。
一扇扇玻璃窗呀，
都摄下精彩的纪录片。

前天，穷山恶水，
昨天，穷则思变，
今天，移山倒海，
明天，处处江南。

不见司令官，
只有电话员，
说县委常委们，
都战斗在第一线，
把这治山指挥部，
移到了斗争的前沿。

1975.4

林场场长

黄河故道的第一棵树，
你在这里扎下了深根，
风鞭沙浪撵不走，

因为你是黄河的子孙。

三十年没见请过假，
你与林场难离难分，
二十年没见发过胖，
你为林场供尽了养分。

哪里去找脸上的红润，
你都分给了苹果、桃杏；
哪里去找头上的浓发，
你都移栽成柳行、杨林。

从没有要过名利，
你的手，
是树杈，向天上够，
是树根，向地下伸。

从没有高谈阔论，
你的话，
悄没声，是脸上的皱纹，
滔滔不绝，是林涛阵阵。

是到快要倒下的时候了，
是你额上稠密的年轮，
但是，你发誓死了也不离开，
还要献出那几十克磷。

1966.4

十年树木

十年树木

一

到临西，
哪是东留善固？
不须问，
只要你认识树。
引路的，白杨，
迎客的，绿柳，
指点你，
就在那绿林深处。

远看，
一脉青山，
一汪碧湖，
一片云雾，
遮断前行路。
一切建筑，
都在林海中淹没，
一切色彩，
都被绿色一笔涂。

近瞅，

树墙一堵堵，
直往身上扑，
走大街如走绿山谷，
进家门如临碧画楼，
行行小树编篱笆，
拦不住满院苗圃，
一时不见，
钻进门头、窗户。

防风林，
像操练的队伍，
挺着胸脯，
迈开大步，
枝丫如枪，
林涛似鼓，
一道长城断风口，
喝退风沙三百步。

用材林，
个个憨厚，
身高腰圆，
五大三粗，
有的要当梁，
有的愿做柱，
桑杈柳杈伸出手，
迎接大丰收。

二

万木丛中，
还保留一座沙丘，
无衣无着，
那么丑陋，
在树林的围困中，
它浑身发抖，
在众人的蔑视下，
它好像害羞。

十几年前，
它也曾势如猛虎，
霸占一方，
横行无阻，
扬手天昏地暗，
抬脚沙飞石走，
风起白天掌灯篓，
风住沙堆封门口。

那时候，
瞧它有多大胃口！
吞了庄稼，
又吃树木，
填了水井，
压塌房屋，
连人们饭碗里，
也是半碗沙子半碗粥。

如今哟，
四面高墙将它囚，
万杆长枪把它守，
它才装死躺下，
因为无路可走，
这个反面教员呀，
形象多么醒目！
谁要破坏树林，
就等于放出野兽。

三

谁道这是黑龙港，
谁道这是老风口，
新中国的土地上，
到处充满阳光雨露。
谁道这是杨，
谁道这是柳，
分明是东留善固人，
站在你前头。
几十年风雨，
几十个寒暑，
大风大浪中，
迈着坚定的脚步。

谁道这是林涛，
谁道这是风吼，
分明是农民的豪情，

向着青天吐，
要扫尽人间风沙，
斩断恶劣气候，
把一阵阵春风，
从手上放出。

东留善固啊，
不特殊呀也特殊，
树似人呀，
人似树。
树有人的感情，
棵棵热乎乎，
人有树的风度，
个个都是顶梁柱。

来到东留善固，
就不想走，
恨不得把自己，
变成林中一棵树，
在这里吞云吐雾，
在这里享受，
大自然的幸福。

离开东留善固，
也很满足，
这里的树啊，
已扎根我心田深处，
国土处处呼唤着森林，

消除眼前的沙尘，
人人要做一把铁扫帚。

1966.3

渡“江”曲

临西县下堡寺公社东留善固大队，地处黑龙港流域的老沙河河滩上，过去受风、沙、旱、城危害，“种一葫芦收一瓢”，亩产只有几十斤。合作化，人民公社化后，产量逐年上升。粮食亩产一九七〇年跨过“黄河”，一九七一年超过六百斤；一九七二年飞渡“长江”，超过八百斤。[1]

以往，如波浪，
消逝在后边；
前程，似锦绣，
将我们召唤。
祖国的大地呀，
多壮阔的海面，
百舸争流，
千帆风满，

[1] 1960年通过的《全国农业发展纲要》提出，从1956年到1967年，粮食每亩平均年产量在黄河以北地区增至400斤，黄河以南、淮河以北地区增至500斤，淮河、秦岭以南地区增至800斤。人们形象地称之为“上纲要，过黄河，跨长江”。

东留善固啊，
多像一只船。

党支部门前，
耸立着金色桅杆，
一面红旗，
恰似劈天的风帆。
一千六百名社员，
一千六百名船员，
一把锄头一杆篙，
飞渡“长江”天堑。

渡“江”指挥部，
设在田间，
誓师大会，
各路人马都到全。

植树造林，
升起绿色风帆；
开河挖渠，
镶上美丽的银边；
平整土地，
铺好洁净的甲板。

咚咚咚，
脚踩大地如鼓点；
浑身劲，
从汗毛眼儿里往外蹿。

加速前进，
不能只用篙，
更不能靠拉纤，
把我的船呀，
换上机帆，
装上电，
冲出去——
这漫长的峡谷，
它两岸，
是“穷”“白”两座大山。

村庄房舍，
是战斗的营盘。
块块土地，
是激战的前沿，
钻井开渠挖战壕，
打一场“白刃战”。

抗旱补苗，
日夜苦战，
挑着灯笼，
打着手电，
决不让，
地有一块白，
垄有一寸闲，
苗有一棵蔫。

西北界上，

百亩边远田，
老旱坡呀，
黄沙板。
河断、井干，
苗儿怎么按？
一条小路，
十多里远，
百条扁担，
千盆万罐，
四十万棵秧苗呀，
棵棵取自社员心坎。

贫下中农，
把一条救旱的河流。
肩上扛，手中端。
愿洒千吨汗，
漂起过“江”船。
决不让，
一块拉腿田，
落在“江”南岸。

老贫农呀，
老党员，
像斗土豪、恶霸那样，
井台连轴转；
老民兵呀，
老游击队员，
像除日寇、汉奸那样，

鏖战在田间。

青年民兵，
争做渡“江”模范，
披星戴月，
你追我赶，
拉起送水车，
像运送炮弹，
车队如飞，
像顺风的舢板。

老大娘们，
一切为了“支前”，
勺尖上省，
碗边上攒，
送水到田间，
口干舌燥，
舍不得把嘴唇沾，
一盆水呀，
要泼绿一片田。

打井队员，
汗如涌泉，
脚不停，
手不闲，
颗颗心摽在钻头上，
不停地往下钻，
钻透一个个夜晚，

送走一个个白天。

拖拉机手，
一马当先，
车轮滚滚，
赶在春风前面；
骡、马、牛、驴，
也知人心愿，
掉过屁股把套钻，
快跑不用鞭。

造肥队，
变成了“化工厂”，
修配组，
变成了“战地医院”，
供销点，
变成了“后勤部”，
小学师生，
组成战地“文工团”。

农事试验场，
孕育着新的作战方案。
“土专家”手搭凉棚，
像用望远镜察看，
近在咫尺，
就是珠江、海南，
快挑选精兵强将，
去攻打新的难关。

东留善固啊，
一只战斗的船，
每个队都在争，
每个人都在赶，
每棵树都在晃，
每朵浪都在喊。

驶向麦浪，
驶向棉海，
驶向碧波万顷——
稳产高产田，
全速向前！
只有最快的速度，
才配这伟大的航线！

注：1972年春写此文，秋修改于东留善固。

白洋淀

插队来到白洋淀

一捧水，
洗尽千里跋涉浑身汗，
二捧水，
细细品啊慢慢咽，
恨不得呀，
一个猛子泡三天，
这就是咱们，
日盼夜想的白洋淀。

你出生在首都，
他出生在江南，
可我们的父母，
都曾在这里抗战八年，
白洋淀自然是，
咱们共同的籍贯。

看这撑船的老爷爷，
一定是老雁翎队员，
像当年迎接老八路，
欢迎我们新社员，
把那满脸皱纹，
笑成花一团。

看这弹痕累累的小舟，
一定是当年的战船，
高高昂起的船头，
冲破过多少风险。
如今为集体撒网捕鱼，
多么像当年征战扬帆。

芦壕成阵，
苇墙森严，
多像当年的雁翎队，
在这里推起万顷波澜。
问我们愿不愿，
做一根芦苇，
扎下根儿，
在这儿奋战风寒。

红菱似火，
芦絮飘烟，
多像当年的篝火，
还在亮闪闪。
问我们敢不敢，
飞步跑来，
接过战斗的火炬，
接过革命班。

1978.5

机井架颂

我赞美你呀，
华北平原上的井架，
一排排，一队队，
英雄的队列，
战士的步伐，
社会主义建设的野战军，
向茫茫碱滩进发。

肩并肩，手挽手，
冲天的气魄，
钢铁的骨架，
挑三九风雪，
挡中伏雨打，
不停劲地对天地刺杀。

一座座井架，
像一支支巨笔朝天插，
尽抹那旧社会荒凉图画，
千里碱滩再不见，
六月飞“雪”，
四季“霜”打，
稀拉拉红荆摇白发，

田野上任你涂红抹绿呀，
画出万千大寨花。

一座座井架，
像一根根大银针，
向那久病的碱地扎，
治好了那“顽癣”，
脱净了那“疮痂”，
刺破了打井的“禁区”，
治好了万年的“聋哑”，
听那遍地银泉流哗哗，
正是它说不尽的感激话。

把改天换地的战表，
高高天上挂，
把过“河”渡“江”的捷报，
茫茫田野上撒，
誓把一穷二白，
永远踩在脚底下。

多么潇洒，
我们的井架，
晚举一只火把，
早披一身朝霞，
抖出千百条银练，
欢舞在社会主义阳光下，
那日夜不停的歌喉，
唱得咱心里乐开了花。

看这华北平原的井架，
如看到大庆油田的钻塔，
都是工农高举的手臂，
支撑起社会主义天下。
每加一次大庆油呀，
就会有巨大的热能迸发，
我们农业战线的会战，
也有铁人大哥参加。

1964.5

移山记

移 山 记

一、找到了金钥匙

沙石峪，深山沟，
在家山靠背，
出门山碰头。
看天一线天，
看地一道沟，
四面高山无路走，
堵得气难透。

沙石峪，穷山沟，
解放前，
穷得连名都没有。
坡是光屁股，
山是和尚头，
金木水土都没有
只有一团“火”，
憋在穷人心里头。

盼到解放后，
苦日子熬到了头，
又有两股风，

吹得人心晃悠悠：
有人想搬到平原去，
有人只等国家的照顾，
干把穷山守。

老支书，手抱救济粮，
眼泪扑簌簌流：
党把我们解放了，
难道吃饭还伸手？
走，绝不能走！
留，也不能这样留！
老支书找到县委去，
一把金钥匙拿到手——
《愚公移山》金光闪，
一下子照亮了穷山沟！

二、风雪狼洼沟

移穷山，哪开头？
果树栽进狼洼沟。
社会主义常青树，
扎根山里头。
狼洼恶山沟，
满山灰石头，
好像一只大灰狼，
蹲在村庄后，
怪石林立如狼牙，
山谷张开血盆口，

嚼碎一沟大石头。
迎面来了活“智叟”，
脑袋摇成货郎鼓：
“狼洼沟里栽果树，
癞蛤蟆想吃天鹅肉！”

老支书，领着头，
人马开进狼洼沟，
果然恶“狼”发了怒，
山风呼号如狼吼，
风雪舞爪把人扑，
飞沙扬鞭赶人走；
狼洼石头也咬人，
专啃脚趾头。
老支书，笑开口，
句句如擂鼓：
山里人骨头像石头，
风吹雪打骨不酥。
合作社的新工程，
经过风雪才耐久。

民兵们，战风口，
风吼如同喊加油，
雪片擦亮了大铁镐，
一人一身银甲胄。
挥锤好像端炮楼，
顽石当作敌人揍，
满坡锤声如骤雨，

吓得大山脚下抖。
当年斗敌不怕死，
如今何惜掉身肉！

远望狼洼半边天，
半边天上星星稠，
近看妇女搞夜战，
一人一盏红灯笼，
拉线量尺如裁衣，
为给秃山披锦绣，
规划留出汽车道，
预备将来跑铁牛。

一锤一镐刨石头，
九十九天不住手，
一次次寒潮腋下溜，
一场场风雪钻衣袖，
打出满山鱼鳞坑，
栽上小苗绿油油，
那狼洼坡好像大鲤鱼，
挺身要向云里游。

三、水往高处流

移山好戏一幕幕，
少不了“智叟”这人物，
场场登台场场输，
老是口服心不服。

听说队上要治水，
挑战来到打井处：
“沙石峪都是火命人，
命里无水也白求，
石山要能打出水，
抠出我的眼珠珠，
自古水往低处流，
引水上高山，定要栽筋斗！”

人怕栽筋斗，
永远学不会走。
不信天命干革命，
全凭贫下中农一双手。
龙王不来牵它来，
旱魔不走赶它走！
双手十根小钢钎，
握住两把大榔头。

打井队员劲头足，
大山看作纸老虎，
把钢钎磨成短凿子，
把铁变成小钩钩。
汗水滚滚流，
要把山石泡个酥；
锤钎声声吼，
要把地球凿个透。
打井打到九丈九，

队长耳贴石板听，
水声响突突，
再听，原是心儿跳，
水在心里流。

出水喽！
三百愚公六百手，
撬开龙王口，
一汪清波碧悠悠。
瞎了多年的干山沟，
第一次睁开明眼珠；
哑了多年的山泉声，
第一次亮出好歌喉。

一千三百米水管道，
像长龙爬到山上头，
看水泵的小姑娘手一按，
就大口大口吐清流，
禾苗呀，喝个够，
干山呀，浇个透，
是咱汗水洗去万古愁！

四、万里千担一亩田

老支书刚从大寨回，
一串汗珠挂额头，
大寨带回两件宝，
恭恭敬敬捧在手，

红纸包，书兜兜，
打开看，一块石头一包土。

石是虎头山上石，
大寨人的一双手，
把它磨得光溜溜，
条条指印还发热，
滴滴汗水还在流，
簇簇火星眼前飞，
声声铁锤震耳鼓，
摸一摸，
如握大寨人双双手。

土是狼窝掌里土，
大寨人的滴滴汗，
尽在黄土里面揉。
一本教科书，
一幅治山图，
一部创业史，
一条光明路，
看一看，
如在大寨田里走。

大寨缺石有黄土，
五里高山背石头，
咱们没土有石头，
能不能下山十里担黄土？
腊月天，数了九，

冷风嗖嗖灌衣袖，
任你风沙狂如虎，
愚公脚步挡不住，
百根扁担下山来，
根根压弯羊肠路，
路踩薄，脚磨厚，
要在这个山圈里，
学走万里长征路！

担儿颤悠悠，
土层渐渐厚，
抓起沙石峪一把土，
细细闻，细细瞅，
肩上血，掌上油，
老茧堑，汗水铺，
一颗颗红心土里铺，
为社会主义大业打基础。

“万里千担一亩田”，
一块石碑立山头，
壮了多少愚公胆，
堵住了多少“智叟”口，
它是呀——
愚公移山的说明书，
沙石峪人的硬骨头，
精神财富万古留！

五、愚公洞

南北会师头碰头，
二十七名英雄手握手，
一年光阴钎下落，
刨掉冬夏与春秋，
浑身力量锤头聚，
霹雳闪电甩身后。
多少天，我听到你心儿咚咚跳，
多少天，你听我汗水滴答流，
炮捻是你心花怒放，
炮声是我嗓门吼，
两面锤声一个音，
就只为，
沙石峪，唰地亮出这好时候！

好时候，好时候，
一座大山打通喽，
四面高墙开了窗，
万年铁盆通了口，
任凭那，春风往里灌，
管叫那，春光往里流。

爬了一辈子山的老爷爷，
眼前有了平坦路；
没出过山沟沟的老奶奶，
打点出门会亲友。
多少亲人来祝贺，

开着汽车送来土，
刚听汽笛喊问候，
一下子跳到眼前头。

愚公洞，好镜头，
从外往里瞅，
像个万花筒，
果子满枝头，
碧波满山流，
层层大寨田，
处处跑铁牛。
从里往外看，
像个望远镜，
山外山，楼外楼，
天外天，云片游，
祖国风光无限好，
山新水新似锦绣，
毛主席站在天安门，
正向“愚公”笑点头。

沙石峪人心领受，
只把成绩当开头，
千担继续担，万里接着走，
移山就要移到底，
翻身就要翻到头——
不到胜利不罢休！

西柏坡

东渡黄河

1948年3月23日，毛主席从陕北吴堡川口东渡黄河，前往华北解放区。

谁来到这光荣的川口，
眼前不出现那浪遏飞舟；
谁看见这惊涛骇浪，
心里不想起掌航的舵手。
在历史的长河上，
川口是多么重要的码头，
我们伟大的领袖，
在这里渡过黄河激流。

毛主席啊站船头，
频回头啊久挥手，
陕北的群山连绵不断，
像一行行送行的人流，
千呼万唤送亲人呵，
家家窑洞张开了口，
山山水水都整编，
坚决跟着毛主席走。

毛主席啊站船头，

剑眉舒呵笑纹稠。
华北的山峰齐昂首，
兴冲冲列队在等候，
春风扫净古长城，
亮闪闪一条进军路，
村村寨寨搞土改，
乡亲们报名参军去战斗。

毛主席啊站船头，
万里黄河心上流，
赤水狂呵大渡险，
击水何惧风雨骤，
娄山关呵腊子口，
笑似浪头甩身后，
黄河九曲等闲游，
到了咆哮万里出龙门的时候！

毛主席啊站船头，
雄鸡一唱暖神州，
几千年大幕今拉开，
满天曙色眼中收，
挽起滔滔黄河水，
荡污洗浊化甘露，
站在川口望北京呵，
新中国从这里阔步走！

春到五台

1948年4月11日，毛主席、周总理经鸿门岩到达五台中心台怀镇，与任弼时夜宿塔院寺方丈院，翌日到杨林街看望当地百姓。

这里是华北屋脊，
这里是名山五台，
六月天大雪飞舞，
四季里坚冰覆盖，
它的呼吸是粗暴的寒流，
它的衣服是一身白雪，
活了十万八千岁，
从未见过春的色彩。

这里的出产，
是那无尽无休的云块，
充溢山壑，铺满台怀，
雾茫茫真是一片苦海，
那朵朵凝云，
好像是不动的冰层，
那云头上五个台顶，
像是五个冻僵的脑袋。

这里的居民，
是那稀稀疏疏的松柏，
经常与风雪搏斗，
都显得未老先衰；
终年在寒冰中挣扎，
一个个都是骨瘦如柴，
它的枝叶是雪的树挂，
它的主干似溜冰一排。

最难忘三十多年前，
鸿门岩呵，大门首次打开，
从陕北赶来一队人马，
把春风第一次带到五台。
周总理策马在前，
一鞭扫清了千年阴霾，
毛主席乘车在后，
马达的春雷震动山崖。

领袖们健步登上东台，
望海峰，红日跃出东海，
台顶，披上节日的霞彩，
云朵，把只只客船开来。
五台呵，一股暖流传遍全身，
千年的积雪都要融化；
五台呵，百倍惊喜乐开怀，
热泪纵横挂满腮。

领袖们在台山路上行走，
峰峰岭岭一齐欢呼拥来，
群山似一队英俊的后生，
溪水像一群欢快的小孩，
梯田如打好了的裹腿，
小路像斜背着的粮袋，
它们要编成毛主席的队伍，
去解放战场打个痛快！

领袖们在杨林街散步，
两旁的杨柳鼓掌喝彩，
边区人民正进行土改，
连草木也都分到一份欢快，
扭秧歌的是一行垂柳，
打霸王鞭的是一队翠柏，
一块白云像是一张土地证，
等待春风把它们连在一块。

台怀镇有一块无字碑，
千百年来让人费猜，
随着第一个春天的到来，
历史才把这个秘密揭开，
请风刀雨錾，春风霞彩，
把这个光辉的日子镂刻记载！

探头垴

探头垴在柏坡岭后，奇峰突兀，俯视全村，柏坡群众在山顶栽了七松二柏，纪念七届二中全会。

经年云缠雾裹头，
历代雪压冷风抽，[1]
毛发稀疏筋骨瘦，
畏畏缩缩风里抖，
黑暗社会几千年，
笑容不曾露一露，
探头垴，何曾抬过头？

四八年五月二十六，
深山忽然改气候，
春风吹来乌云走，
笑开满坡红石榴，
毛主席打从陕北来，
“劳动大学”住在山沟沟，
探头垴，惊奇地抬起头！

军委作战室电键响，
激起沙场炮声稠，
条条电话线伸千里

敌军百万成战俘。
骄横一时的敌将领
谈判桌前手发抖，
探头垴，乐得直点头。

小院夜夜灯火亮，
领袖身影映窗口，
挥笔疾书写雄文，
千条江河笔下流，
油灯燃尽漫漫夜，
缕缕朝霞出窗口，
探头垴，像只雄鸡立崖头。

七届二中全会这里开，
赶考路上展宏图，
决议精神放光辉，
照亮镰刀和斧头，
披荆斩棘开新路，
继往开来去奋斗，
探头垴，又似号兵正昂首。

探头垴，高探头，
扬眉吐气精神抖。
立身革命行列中，
永葆青春向宇宙。
社会主义绘蓝图，
笑望前程织锦绣。
探头垴，擎松举柏写春秋！

温 度 计

旧中国最后一个冬天，
北方的天气特别严寒，
窗外的北风嗷嗷叫喊，
水银柱冻得缩成一团。

我们的领袖毛主席，
又紧张地工作了一个夜晚，
不要火炉，谢绝木炭，
冷起来就哈热气暖暖双拳。

玻璃窗淌着行行热泪，
冰凌花贴着多少双眼，
人民的救星忘记自己，
他心里想着天下的饥寒。

水银柱再也不能平静，
多想贴在领袖的身边，
测测他一腔热血多少度，
竟能驱散几千年的严寒。

水银柱像是被热情感染，
腾地飞出去多少支火箭，

飞向辽沈，飞向淮海，
捣碎那魔鬼冰冷的宫殿。

水银柱像是春雨点点，
一下子绽开无数花瓣，
撒向北国，撒向江南，
迎接新中国第一个春天。

露天书案

西柏坡毛主席旧居院内有一座磨盘，毛主席常坐在这里思考问题。

西柏坡农家小院，
阳光格外灿烂，
小院中间的磨盘，
引起我多少思念！
它吸收了这么多阳光，
蕴藏了这么多温暖，
好像一面历史的聚光镜，
使我看到难忘的昨天。

毛主席从院中走来，
微笑着面对磨盘，
如同长征路上的马背，

如同井冈山上的石板，
如同列宁在拉兹里湖畔，
让树墩也为革命做出贡献。
在这农家的小院里，
毛主席找到了多好的书案。

磨盘上起草过多少电报，
磨盘上吟出了多少诗篇，
磨盘上落下满天星斗，
磨盘上铺开万里霞天，
磨盘呵磨盘，
几亿双手托你作砚台，
供领袖书写光辉的文献。

磨盘上布下雄兵百万，
磨盘上摆开决胜棋盘，
磨盘上响起千钧霹雳，
磨盘上飞起万道闪电，
磨盘呵磨盘，
几亿双手托你做鼙鼓，
三大战役凯歌天下传。

柏坡小院的磨盘，
你这样引人浮想联翩。
雄伟的人民大会堂，
你是坚固的基石；
四个现代化的壮景，
你是最初的沙盘；

你刚毅朴实的形象，
与阳光一起留在人间。

剪

瞻仰旧居写字台，
一把剪刀桌上摆，
仿佛主席刚用过，
指纹今犹在，
好像多少话要讲，
刃口正张开。

二十二篇文章这里写，
主席的铅笔用得快，
削呵削，
揭开历史千丈冰，
革命春潮冲出来，
敌人伪装全剥掉，
送它走上断头台。

三大战役打起来，
簇簇灯花开不败，
剪呵剪，
千年黑夜你剪断，
窗外曙色开，

满天朝霞红似火，
新中国是你来剪彩。

镰　刀

一九四八年六月，
红日照耀西柏坡，
毛主席手握这把镰刀，
帮助农民把小麦收割，
麦浪在他眼前分开，
大道在他手下开拓。

一九四八年的中国，
革命也到了收获时刻，
一封封电报好似银镰，
飞到前线指挥所，
八百万蒋匪迎刃溃倒，
蒋家王朝在刀前颓落。

这把银灿灿的镰刀，
你可能是党旗上那一个。
半个世纪雷电，
为你加钢淬火，
为革命披荆斩棘，
在斗争中砺磨。

是毛泽东思想，
赋予你明亮的光泽，
是革命斗争，
赋予你锋利的性格，
毛主席手中的镰刀呵，
曾为革命辛劳收割。

呼　唤

西柏坡周总理旧居内，陈列着一架电话机。

走进周总理的旧居，
仿佛电话铃还在响，
千山呼叫滹沱，
万水召唤太行，
时代在欢呼一个名字，
解放战争的总参谋长[1]。

刚收到辽沈的喜讯，
又接通淮海诸将，
“呵，我是李得胜，”
“呵，我是胡必成，”[2]

[1] 解放战争时期，周恩来担任中央军委副主席兼代总参谋长。
[2] 当时毛泽东化名李得胜，周恩来化名胡必成。

那声音就是最猛烈的炮火，
在祖国山南海北回荡。

电杆像峻岭高耸，
瓷瓶似星月闪光。
电话线路畅通啊，
连着指挥的心脏！
总理的声音如春风，
催得多少人心花怒放！

今天，仿佛周总理又拿起话筒，
对全国人民把知心话讲，
亲切的声音和着进军的号角，
给我们增添了必胜的勇气和力量。
决不辜负老一辈革命家的期望，
去把社会主义现代化建设的新局面开创！

两扇小窗

西柏坡周总理旧居在整个中央大院最东边，紧靠大道、小河……

紧贴大道，紧靠小河，
两扇小窗昼夜开着，
风在低唱，河在轻歌；

这座普通农舍张开一双耳朵。
飒飒作响的马兰窗纸呵，
是多么灵敏的耳膜！

村干部激动的话语，
乡亲们跳动的脉搏，
土地改革的澎湃热潮，
山区大生产的腾腾烈火，
所有边区的情况呵，
都在这窗口汇合。

战士轻快的脚步，
将军的马蹄踏着欢歌，
三大战役的张张捷报，
如雪花在窗前纷纷降落。
这儿是解放战争的总枢纽，
协助毛主席做出英明决策。

小窗啊，伟大时代的耳朵，
今天正谛听什么？
是社会主义现代化的脚步，
是迎接更大胜利的凯歌，
啊，又听到那亲切的笑声，
是周总理和我们一道欢乐！

瓦　刀

周总理在西柏坡时，每逢暴风雨前，手拿瓦刀为农民抹房。

我们听说过，在南昌，
您把大手一扬，
发出了惊天动地的枪声。
我们听说过，在重庆，
您把胸膛一挺，
横起了革命的万里长城。

今天，在西柏坡呵，
又看到另一种动人情景，
每当暴风雨到来之前，
您登上农民的房顶，
用手里这把瓦刀，
仔细抹每一道裂缝。

您一生与风暴抗争，
怀里揣着祖国的阴晴，
您视察过万水千山，
却最留意农民的房顶，
您指挥过千百次战斗，

却不把每场风雨看轻。

啊，这亮闪闪的瓦刀，
割断雨脚，抹去雷声，
给人民带来温暖，
给天空画出彩虹，
这就是广厦千万间呵，
把祥云罩在亿万人头顶。

我们看到这瓦刀，
就像听到一道命令，
我们看到这瓦刀，
就获得了诗的意境，
领袖是那样伟大啊，
却又是这样的普通！

行 军 桌

西柏坡朱总司令旧居，陈列着一张行军桌，是在孟良崮战役中缴获张灵甫的，陈毅同志送给了朱总司令。

战火中支起一张方桌，
铺着祖国的千山万壑，
跃出多少孟良崮，
涌出多少大运河，

这是一张多么动人的捷报，
向总司令把伟大战例述说。

平展展的桌面似稿纸，
好像写有陈毅元帅的诗歌，
那字句是成阵的队列，
那韵脚是猛烈的炮火，
引得总司令拍案叫绝，
站在太行山巅高声唱和。

这是一幅决战决胜的棋盘，
对手正在面前哆嗦，
挥手千军万马驰过，
笑看他兵败、城破，
总司令一声大喝：
快交还我整个中国！

今天呵这张方桌，
好像总司令还在伏案工作，
审阅攻关的计划，
清点革新的战果，
我们的总司令诗兴正浓，
这桌上有他的诗集一册。

留下一坡绿荫

刘少奇同志离开西柏坡进京时，留赠一批树苗，栽在柏坡岭上。

少奇同志走了，
留下一坡绿荫，
留下他的军大衣，
温暖贫寒的山村。

少奇同志走了，
留下一片欢欣，
林中叽叽喳喳的鸟儿，
是乡亲们欢跳的心。

一棵树苗，
一个有生命的脚印，
记着他在柏坡，
两年黄金般的时辰。

一阵林，
一种有香味的录音，
把他的嘱托，
留给我们永久思忖。
一坡树林，

一封绿色的公开信，
子子孙孙读下去，
越读越觉得亲近。

1980.10

补　丁

任弼时的旧居有一只皮箱，上有许多补丁。

任弼时同志的衣箱，
布满了大小补丁，
好像蓝蓝的天空，
亮着一颗颗星星。

它是一块块风障，
曾挡过五台山的寒冷，
它是一盆盆炭火，
曾暖透战士们的身心。

它是崇高品质的象征，
能将糖弹的妖雾廓清。
它是坚定信念的见证，
能将松动的思想铆紧。

扯过自己衣襟比一比，

如果没有泥点油星，
对于我们神圣的事业，
那算得什么干净！

战场上你挂过彩，
炉火旁你烧过洞，
革命便把这样的奖章，
挂在英雄们前胸。

1980.10

夯之歌

西柏坡革命纪念馆，陈列着当年中央机关修建七届二中全会礼堂的木夯。

一架木夯迎门立，
号子淬然响起，
看几双扭转乾坤的大手，
正把一个伟大使命高举。

举起一座大山，
落地一声霹雳，
听这决定胜利的鼓点，
正响得惊天动地。

木夯是印章，
汗水是印泥，
把祖国的每寸土地，
都打上解放的印记。

夯平三座大山，
砸碎拦路的荆棘，
社会主义新中国的地基，
就在你的脚下打起。

建设新中国的交响乐，
你是定音的乐器，
听这如鼓的夯声，
正落在亿万人民心里。

1979.10

土 地 证

在西柏坡革命纪念馆，陈列着一张土地证。

这才是宙斯的火，
在中国的土地上燃烧，
这才是革命的胆，
给亿万奴隶撑起了腰。

多少喜儿杨白劳，
含着热泪放声笑；
多少王贵李香香，
捧在怀里志气豪。

就是这一张马兰纸，
把伪总统府压倒，
就是这一张马兰纸，
席卷了蒋家王朝。

让那南府的霸天，
看见你而绝望地号啕，
让那槐树庄的土豪，
半截牙齿都咬掉。

今天那一张张的土地证，
变成拖拉机的驾驶执照，
中国的土地插上了翅膀，
正向二十一世纪飞跃。

1979.10

沕沕水水电站

透过层层群山，
透过弥漫的硝烟，

总司令眼睛一亮，
发现这高山飞泉，
望远镜，
把明天拉到了眼前，
在炮声隆隆里，
兴建水力发电站。

抠过万千次枪机，
指挥千百次大战，
总司令大手一扳，
水轮机，
把今天推向了明天，
在刀光剑影里，
电灯花开得多艳。

谁能说出它
功率多少瓦？速度多少转?
它点亮了中央礼堂的电灯，
它照亮了军委作战室的沙盘，
它发出了三大战役的命令，
它发出了渡过长江的急电，
它推快了历史的车轮，
大踏步地向前，向前!

谁能说它
浆砌石垒，这样平凡，
在总司令的作战图上，
它是个要塞雄关，

在祖国的发展史上，
它是现代化的起点，
照亮我前进的征途，
它是永不枯竭的能源。

1979.10

王家峪与赤岸

一支劲旅

在王家峪朱德同志旧居，陈列着朱德同志当年常用的一把锄头。

瘦骨嶙峋，浑身汗渍，
你为革命出了多少力气！
和朱德的手枪是兄弟，
并肩开辟过中央苏区。

从江南来到了山西，
你一刻也不曾休息，
一上“战场”就那么着急，
怎容得祖国有这多荒地。

铁将军是开路先锋，
逐客令下给了贫瘠，
汗珠儿滴进泥土里，
一声声报着春消息。

太行山呵在欢迎你，
群峰像一排排土浪翻起，
清漳河呵在高唱你，
北方也迎来播种时机。

在南泥湾呵在王家峪，
你是总司令一支劲旅，
在刀光剑影里披荆斩棘，
你开拓了一片崭新的天地。

今天，在纪念馆里，
谁能说你已经休息？
为了祖国的现代化，
你仍然发挥着巨大威力。

1978.10

另一个战场

在王家峪总部旧址门前，保留着朱德同志当年经常劳动的菜园。

不见硝烟，没有枪响，
这里却是另一个战场，
农民出身的总司令，
部署耕耘很是内行。

打破敌人的经济封锁，
锄锹成了锐利的刀枪，
犁头正挑开那铁丝网，

镢头正刨倒那封锁墙。

粉碎敌人的围困政策，
这里挺立着勇敢的兵将，
土豆撒下了地雷网，
豆角把子弹压上膛。

不辜负总司令的期望，
一年两季都是胜仗，
这喷红吐绿的菜地，
曾是胜利的捷报一张。

多少人为你热烈鼓掌，
总部另一个出色的兵工厂，
总司令正用滴滴汗水，
把我们的部队武装。

1978.10

一株红杏

在朱总司令当年打水的水井旁，长出了一株红杏。

和春风一起来到，
和春天一起诞生，
朱总司令挖的水井，

浇出了一株红杏。

是全村人眼里的希望，
是全村人心里的憧憬，
是全村人共同的财富啊，
你给砖壁村带来了光荣。

像老汉枯干的眼窝，
涌出来泉水清清，
像娃娃苍白的脸蛋，
泛出来朵朵桃红。

如东方点点朝霞，
透露出黎明的云层，
在渴望胜利的山村，
点起盏盏节日的红灯。

1978.10

无声的绿

王家峪总部旧址有一丛翠竹。

站在那儿不声不响，
无声的绿无声的阳光，
可我分明看到——

一群青铜的英雄雕像。

当年，为了光复国土，
从南方移植到北方，
在炮火翻耕的土地里，
栽下必胜的希望。

看你们破土而出，
高过了山石高过了墙，
看你们拔节上长，
挺起了一排长枪。

飞出一支支响箭，
射向四面八方，
举起一根根旗杆，
插到一座座城上。

如今，万山红遍，
还是一身旧军装，
只愿做一条条扁担，
为山区群众挑粮。

从没有开花的念头，
也不让风声宣扬，
对你们正直的形象，
人民永远不会遗忘。

1978.10

一张报纸

新华日报华北版1939年创刊于沁县，不久转至武乡。当时美国人看了报纸，赞叹不已："中国人实在顽强，穷到这地步还打日本。"

一张马兰纸的新华日报，
应该属于什么印刷水平？
对于尊敬的罗斯福总统，
我要做一点简洁的说明。

这是四十年代珍贵的拓片，
中国的大地正在发生变动。
看江河横溢、烈火喷涌。
满腔的爱和恨一起化作雷霆。

这是四十年代真实的影印，
古老的神州正在苏醒。
看青草萌动、麦苗顶凌，
春天的风和雨迅疾驱赶寒冬。

这上面奔流着道道温泉，
要去将亿万人的心灵解冻。
那广袤无际的枯黄土地，

相信不用多久就要返青。

这上面行进着百万雄兵，
要去为千山万岭梳洗整容，
那光辉军旗上的闪亮五星，
定能很快迎来祖国的黎明。

这是历史光辉的一页，
我要将此告诉罗斯福总统。
全世界都能将它看懂啊，
马兰纸上写着一个民族的个性！

1978.10

朱总的马

朱总司令“伫马太行侧”骑马的照片，是1939年在武乡县王家峪拍摄的。

总司令没有走远，
舍不得离开太行群山，
看他骑着骏马，
天天路过咱村前。

一朵黄云悠闲，
那是总司令的金鞍，

马儿走走停停，
视察公社的农田。

一股红云蜂拥，
那是他骏马扬鬃，
马儿急急匆匆，
赶往漳河工程。

一缕白云徜徉，
那是他手中的银缰，
总司令马上凝望，
部署“四化”的战场。

一片乌云纷飞，
那是他骏马抖尾，
总司令快马加鞭，
把新长征路程紧追。

天上响起霹雳，
那是他骏马的快蹄，
云中亮起闪电，
那是总司令的皮鞭。

云头落下喜雨，
那是他汗水滴滴，
雨过天晴彩虹，
那是总司令的笑容。

总司令人不离鞍，
永远飞驰向前；
骏马驮着人民希望，
飞过万水千山。

呵！漳南渠

抗日战争时期，刘伯承、邓小平亲自指挥并参与修建的漳南渠，至今还发挥着重要效用。当地群众深情地把这条渠称为“将军渠”。

我去过荆江分洪，
我走过淮河大堤，
我访遍新海河啊，
我参观过红旗渠，
今天啊我才找到，
它们的上游是在这里。

水源是多么丰富，
滚滚的洪波洋溢，
因为你发源在赤岸，
浪花都带着火红的回忆：
刘邓首长、老区军民，
每条汗腺都是一道小溪。

流速是这么湍急，
呼啸奔腾而去，
你的落差很大，
从理想到干旱的土地，
你的目标很远，
让每块心田都受益。

你喜气洋洋的渠水，
像乳汁一样甜蜜——
曾浇起遍地青纱帐，
哺育了满山柿子、小米，
你滋养了中国革命，
在它扬花孕穗的时期。

你波浪滔滔的渠水，
有多么巨大的动力，
那浪头是人民的拳头，
捣毁过经济封锁的残堤，
那浪花簇拥的红旗，
从太行直送到大别山区……

今天啊，漳南渠，
你脚步匆匆奔向哪里？
是去催平原庄稼拔节，
是去催油田井架林立，
万水千山是你的流域，
你呵，又要浇灌一个“新时期”。

1980.10

太行颂

狼牙山，我心中的瀑布

李白唱绝的庐山，
世人叹服的黄果树，
哪里能比得上呵，
狼牙山高悬着的，
我心中最壮观的瀑布！

前临深涧，后有围堵，
正义被邪恶逼上了绝路，
五壮士没有踌躇，
信念的洪流冲破一切拦阻，
用生命在绝壁铺出坦途。

民族响当当拍着胸脯，
棋盘坨像一个拇指高竖，
惊天地呵泣鬼神，
那呼喊如惊雷回响在山谷，
呵，这才是真正的人字瀑！

你有多么巨大的能量，
冲击着亿万人心灵的机组，
产生着强大的电流，
除非他心房已经锈住，

变成革命精神的绝缘物。

你有多大的落差，
令亿万双眼睛仰慕，
标志着人生的刻度，
除非他患了白内障，
眼前是一片迷雾。

呵，狼牙山的瀑布，
五壮士留下的一份遗书，
谁要认识它无形的字符，
就会获得无穷的精神财富。

1981年春节

血 色 石

1941年，13岁的放羊娃王二小，把一队日本鬼子引进八路军的伏击圈，敌人恼羞成怒，用刺刀把他挑死在涞源县刘家坡村西一块巨石上，当地人称之为“血色石”。

抗日英雄王二小，
把一腔热血，
染红了地上的小溪，
染红了天上的云霓，

浸染了那一段历史，
浸透了一个民族的意识。

大山有灵，
珍藏了一个少年英姿，
珍藏了一个血染的日子，
石头有情，
包含着一团火，
包含着一面旗，
包含着一首诗，
世界上最有价值的奇石。

石头里的小英雄，
手里举着皮鞭，
天天鞭打辱我中华的敌人，
嘴里吹着羊角，
天天唱着一首歌曲，
像风，像雨，
吹到我们心里。
想让我们忘记他，
除非海枯石烂时。

2005.5

碗之歌

1943 年王大娘被捕，日军用上好饭菜诱她说出八路军转移情况，大娘守着饭碗，绝食七天牺牲。这只碗珍藏在山西武乡八路军太行纪念馆。

已经是绝食第七天，
大娘气息奄奄，
灼热的胃火渐渐冷却，
辘辘饥肠声音放缓。

已经是绝食的第七天，
弥留中残梦已远，
模糊了穷家窑洞，
模糊了破锅菜团。

一阵子鬼哭狼嚎，
小鬼子又来劝饭，
笑眯眯报着新花样，
叮叮叮筷子敲着碗边。

筷子是一种特别的刺刀，
可它撬不动大娘的牙关，
肉香是一种特别的侦探，

可它偏偏无缝可钻。

大娘紧锁眉头，
把那些看都不看，
嘴角竖起轻蔑的笑纹，
迎接最后一次挑战。

没忘她亲自送到情报，
看队伍转移进山，
指导员走在最后，
手里红旗一闪一闪。

焦躁的敌人故作镇定，
用表针丈量她生命的极限，
不信山珍海味堆成山，
攻不破这一道防线。

大娘把碗推到一边，
安详地闭上了双眼，
不给敌人一点可乘之机，
把自己生命之门关严。

大娘牺牲七十二年，
把这只碗留在人间，
形象庄重如一座大山，
盛满了民族的尊严。

我们每天都要吃饭，

吃饭时都要有这样一只碗，
想一想，吃饭为了活着，
还是活着为了吃饭。

桥

当日本人的刺刀
横断了乡亲们的活路，
父亲英勇地扑倒下去，
化为一座石桥，
让胜利隆隆通过。

于是，全村男人
都变成了驼背，
扛起度荒的犁，
拉起支前的车。

于是，全村的牛
都上了那座桥，
负起艰难的岁月，
负起可怕的战争。

于是，它成为
小村的光环，
女人心中的月，

儿童眼里的虹，
歌曲里的词，
连接了几代人的感情。

后来，随着岁月的流逝，
河床也干涸了，
它变成了一座古墓，
变成了半个括弧，
内容可以被省略去。

只有在母亲——
一个八旬老人的心里，
它是一道永不愈合的伤口，
一生走不出的，
一架房屋拱顶。

1994.9

太 行 颂

南方的山呵，
千娇百媚，鸟语花香，
多么令人向往；
北国的岭呵，
钢筋铁骨，素裹银装，
多么令人景仰。

但是，我们更深深地爱你
——巍巍太行！

我们敬爱你，
并非你有丰富的出产，
你有些山头秃光，
连一根青草都不长；
我们敬爱你，
并非你有珍费的矿藏，
你有些石头风化，
连一块料石都难成方。

我们感激你呵，
在国家存亡的时刻，
你挺起胸膛，
成为民族的铁壁铜墙；
你的千沟万壑，
埋葬了侵略者的幻想，
敌人的“名将之花”，
凋落在你的身旁。

我们感激你呵，
在那难忘的烽火年代，
你大声疾呼，
集中了祖国的优秀儿郎。
呵，革命先辈，
呵，响堂铺、陈庄，
你把多少英雄的名字，

写进了民族的光荣榜。

我们怀念你呵，
你是战士的故乡，
灵丘的山泉水，
余味无穷的乳浆；
阜平的大红枣，
终生难忘的干粮，
万千子弟兵的母亲呵，
家家都有一条迷人的热炕。

我们怀念你呵，
你是革命者的课堂；
每一条羊肠道，
都是启蒙的文章；
每一只萤火虫，
都赋予我们理想；
每块山岩石头，
都有霍霍磨刀声响。

你最负盛名的出产，
是英勇善战的兵将，
狼牙山五壮士，
二小放牛郎，
哪条普通的山沟，
没拉出成连成排的队伍？
哪座平凡的山头，
没摆过奋勇杀敌的战场？

你最珍贵的矿藏，
是献身革命的思想，
左权将军的旧居，
白求恩牺牲的地方，
每一座烈士墓，
都贮藏着巨大的能量，
每一个故事，
都闪耀着灿烂的光芒。

谁能数得清呵，
八路军住过多少窑洞；
谁能数得清呵，
朱总司令到过多少山庄。
那座座山峦，
似他矫健的骏马；
那条条河流，
像他激越的诗行。

柏坡岭的树呵，
你传过三大战役的电报，
滹沱河的水呵，
你写过党史上重要一章。
伟大领袖毛主席，
在这里巧把舵掌，
中国革命的航船，
从此驶进新中国的大江。

看今日，千里太行，
别是一番动人景象，
轰隆隆开山炮声，
来往奔驰大小车辆，
毛主席视察过的山野，
正建设巨大的粮仓，
朱总司令跃马处，
正立起宏伟的钢厂。

呵，今日太行，
敞开胸膛，召唤儿郎，
山，在要求时装，
水，在等待翅膀，
向四个现代化进军，
再打一场漂亮仗，
来呵，让我们重新高唱：
“我们在太行山上……”

1981.8

清西陵
有感

西陵松

你们是哪座山岭的百姓[1]，
被拉来陪葬残忍的朝廷，
在这座辉煌的人间地狱，
受尽了奴役和酷刑。

多少年的屈服、盲从，
全然失去了松的本性，
一座木雕的宫廷图，
用的是你们被扭曲了的体型。

囚老了青春的宫娥，
阉割了身体的公公，
呆若木鸡的披甲、绿营，
战战兢兢的常在、答应[2]。

永远失去了滔滔的语言，
默念着乏味的经，
需要刮怎样的一场风，
才能唤醒你们的感情？

1982.6

[1] 西陵松多是建陵时从全国各地移来的青年松。
[2] 披甲、绿营是清代守陵兵，常在、答应是清代低级宫女名称。

鸟　巢

清西陵陵寝殿宇上筑着许多鸟巢。
欢天喜地的鸟儿们，
不理会一个封建王朝，
金碧辉煌的陵寝，
却做了它们的巢。

看它们尽兴地飞舞，
黄昏里画着写意的线条，
听它们尽情地歌唱，
晨曦里泼洒着彩色的欢笑。

可能是宫女们的青春，
终于挣断了镣铐；
也许是工匠们的灵魂，
到底冲出了地牢。

我赞美陵寝上的小鸟，
千万个自由的符号，
活跃了，渺小的伟大，
死去了，伟大的渺小。

1982.6

珍妃墓上的小黄花

一朵纤弱的小黄花，
笑开了一张历史的愁容。

长夜朦胧的憧憬，
曾挨过了多少个黎明？

心也变成了冷宫，
眼也哭成了枯井。

今日，这圆寝再不是冷宫，
引来多少人探视同情。

这朵纤弱的小黄花，
美过那边参天的青松！

1982.6

旅顺抒怀

白玉塔

日俄战争后，日本在旅顺修建六十米高的“表忠塔”，解放后名为“白玉塔”。[1]

在高高的白玉塔下，
是谁深深地低着头？
一位年老的日本朋友，
满脸说不出的害羞。

他抬着颤抖的手，
说这东西不该保留，
在高唱友谊的时候，
它是一根骨鲠在喉。

忽然他手又缩回，
说这东西不能清除，
这是一根教鞭，
提醒着另一个民族。

[1] 1985 年，白玉塔作为日俄战争遗址和帝国主义侵华物证被列为市级文物保护单位，更名为“白玉山塔”。

伤　疤

鸡冠山堡垒是日俄战争遗迹，还有一门俄炮。

真不愿意看见它，
多么刺眼的一处伤疤，
为争夺我国的咽喉，
两只恶狼在这儿咬架。

这门发了锈的大炮，
是一根留下的狼牙，
看到它，难道不想起，
那张带血的嘴巴。

不要说血流过了，
可悲的历史已经结痂，
不是吗？一遇阴雨天气，
隐痛首先在这儿触发。

1980.9

泰山记游

挑　夫

山路四十里，
石磴七千级，
从山上看你何等渺小，
就像艰难爬行的蚂蚁。

脚印一汪汗水，
喘气一团云霓，
从身后看你真是巨人，
正一步步把泰山踩低。

两只缓慢的脚板，
深深地踩在游人心里，
一条沉重的扁担，
给社会留下多大的压力……

1979.4

对 山 松

双峰对峙危千仞，

天生一座闸门，
波翻浪湾滚泻云也，
一层泉山，一层白云。

万松叠翠队森森，
两岸歌手对阵，
对松亭上听不见，
一半松涛，一半泉韵。

扫尽松壑残云，
清风荡入胸襟，
从此看山才清新，
头上天晴，脚下云深。

1979.4

山旺化石

万 卷 书

临朐山旺化石夹在薄薄硅藻土层中，人称万卷书。

空间的压缩，时间的凝固，
大地珍藏的一套回忆录，
消失了可辨认的文字，
只剩下一幅幅生动的插图。

像偶然翻出发黄的影集，
大自然欣赏着孩提时的面目，
一连串出神的回忆，
不管是幸福还是痛苦。

也许有些无所用心者，
根本不去理睬这难读的天书，
在他们眼中，过去和未来，
都会风化成一堆黄土。

1982.12

山东鸟化石

飞越 1500 万年长空，
扇动你有力的翅膀，
今天款款降落，
带来了什么吉祥？

欢迎你来做窝吧，
在新中国繁茂的枝叶上，
我从你面前走过，
听到一种古老的歌唱。

1982.12

蝙蝠的化石

还带着几分狰狞，
出土的一个夜，
那曾咬落夕阳的嘴，
还残留着几滴血。

世上黑色的东西，

并不都是铁，
看它在光明面前，
分明是胆怯。

1982.12

蝌蚪化石

离开了波涛，
终止了运动，
结束了短暂的生命，

保持了天真，
进入了梦境，
得到了存在的永恒。

相对的静止，
反而获得巨大的运动，
游过了 1500 万年的里程。

1982.12

登天柱山（外三首）

登天柱山寻魏碑

抬头，天柱巍峨，
那魏碑在柱顶摩崖石刻，
绝壁千尺，
不见几蓬草棵，
上山的路，
是一串凿出的脚窝。

脚下，百丈深壑，
风一吹，落下冷汗几颗，
手在风里捏着，
心在手里捏着，
仿佛这大山，
也跟着我的双脚哆嗦。

从孩提时代，
我就把魏碑临摹，
照着平展展的帖，
打着方正正的格，
伸胳膊踢腿，
像在大平原上扭秧歌，
哪能学到这险峻的风格！

爬呀，我手脚并用，
在石壁上慢慢地挪，
山下人看我，
形体一定十分笨拙，
可是，这却是我
对心目中的艺术
第一次真正的临摹。

1980.12

到此一游

不像那些轻浮的朋友，
胡乱涂写“到此一游”，
让灵魂一次次示众，
让姓名到处出丑。

我爱上哪里的山水，
就在哪里报上绿色的户口，
栽上三五棵小树，
把名字刻在湖畔、山头。

在北方我是松柏，
笔法雄浑、劲道；
在南方我是杨柳，
字体俊逸、清秀。

让美好的记忆，
在那里长期驻守，
让绿色的姓名，
同山水一样风流。

我愿我的双脚，
不远万里地奔走，
我愿名山大川，
都有我绿色身影停留。

1981.6

徐霞客

比郦道元腿长，
比李太白心细，
比谢灵运认真，
大好河山真正的知音。

你走过，
山有了精神，水有了灵魂，
长江有了源头，桂林有了名字，
祖国的版图便增加了神韵。

发现美，
不仅用眼，更是用心，
一双丈量世界的脚板，
令所有汽车、飞机望尘莫及。

1987.12

山路弯弯

山　忆

在大山的沟回里，
小小的山村，
有我强烈的记忆。

父亲壮烈的传说，
和我童年的乐趣，
都收录在它的密纹里。

好一座深宅大院，
一道道岭的栅栏，
一道道峰的墙壁。

走出来好不容易，
千回百转，
全凭一条引路的小溪。
昔日别离，
我把山村的憨厚，
带给了山外的世界。

归去来兮，
我把世界的博大，
带回这小山村里。

1980.5

长疯的树

一棵长疯的树，
呆立在果园道旁，
像一个精神病患者，
冷漠、呆滞的目光。
没经过刀剪的枝干，
放纵里隐藏着悲伤，
风吹一头蓬松的乱发，
发出带哭音的歌唱。
过分逍遥的生活，
狂妄之后便是惆怅，
撩拨狂热的风停了，
只留下呆滞的目光。
收获的年龄到了，
枝头却空空荡荡，
那巨人症般的体型，
浪费了多少地方和阳光。
人们不忍把它刨去，
为那疯狂的年代留下肖像。
因何这种流行病，
也传染到草木身上？

1980.3

风 落 枣

禁不起一场风，
坠落了，来不及叹息一声，
一张干皱的脸上，
三分羞愧，七分苦痛。

并不是提前成熟，
是内部已被蛀空，
走了捧场的蜜蜂，
来了送葬的苍蝇。

当姐妹们都还青青，
唯你脸上泛起潮红，
炫耀在馋人的眼前，
何等得意，满面春风。
把大家好心的规劝，

当作嫉妒你的容颜，
硬是将肺痨的特征，
拿来卖弄风情。

陨落了一颗亮亮的星，
毁灭了一场甜甜的梦，

只盼扫落枣的大娘，
拣回你可悲的一生。

1980.3

酸　枣[1]

既无权占平川，
又无缘进果园，
因为没人照管，
也就无所谓涝旱。

既无梅子的芳名，
又无海棠的红颜，
因为没人欣赏，
何必长得圆头大脸。

你是北方的神秘果，
浓缩了生活的酸甜，
把每天的日精月华，
都充实了自己的心眼。

饱经风霜的果实，

[1] 酸枣仁是中药材，其中邢枣仁药用价值高，为名贵中药材。酸枣仁可养肝、宁心、安神、敛汗。“生用兴奋，熟用镇静”。

每一颗都是一粒药丸，
既可以使人兴奋，
又能催人安眠。

1982.3

山坡上的小路

村外那面山坡上，
啥时踩出几条小路，
真是春天回来了，
它们像偷偷长大的树。

惊蛰摇醒，谷雨发绿，
筛管输送勤快的脚步，
一年风吹日晒汗水濡，
秋来果实已经成熟。

这个挑下一担担酸枣，
那个背下一筐筐蘑菇，
老汉身后牵着羊羔，
大嫂前头赶着牛犊。

一张张笑脸下山路，
像红枣、苹果一嘟噜，
多少双眼睛朝它笑，

新添的几棵摇钱树。

1979.6

太　阳

这老实巴交的汉子，
也来找村长。
他口吃着，
半天吐不出一个字，
只有涨红的脸，
表达着强烈的愿望。

这个老救济户，
如今家业兴旺，
要把他巨大的变化，
摆到城里农贸市场，
请求自产自销证上，
加盖一记公章。

难怪他口吃，
把每个字眼，
都嚼出了声响，
老村长最知道，
他这句话的分量！

这汉子，用双手，
接过一片赞扬，
眼睛一闪一亮，
眉毛一挑一扬，
像小孩子一样蹦跳着走了，
捧回去一轮火热的太阳。

1980.5

春回曲

大伯镶了一口牙

全村人都知道啦，
大伯镶了一口牙，
看他乐得合不拢嘴，
露着一排银灿灿的话。

前几年劝他镶牙，
他说镶上也白搭，
一天喝三顿糊糊的日子，
还不如囫囵咽下。

如今生活变化大，
也吃上了鱼肉鸡鸭，
全村数得着的冒尖户，
比谁都需要一副好牙。

你看大伯那牙，
嘎嘣嘣吃豆，
脆生生咬瓜，
把鲜美的滋味嚼呀嚼呀……

1980.5

鸡　年

“卖小鸡喽”一声喊，
吆喝得那么坦然，
拉长的嗓门宽又圆，
还真富有音乐感。

叫醒了水，呼应了山，
唤开了家家门两扇，
条条胡同里人如流，
直往那街筒子里灌。

就是他，那年进村不敢喊，
哑着嗓子把户串，
小分队处处把得严，
查鸡像捉拿“政治犯”。

快买呀，何须再挑拣，
箩里小鸡都包圆，
那几年欠下这老汉的情，
今年可该加倍还。

老汉挑回空担担，
泪珠儿爬满了脸，

扯着嗓子还在喊：
“卖小鸡喽！今年是鸡年……”

1980.3

小磨香油王

悄没声地又来了，
喜眉笑眼小磨香油王，
不用敲锣不用嚷，
揭开盖儿，香满一条巷。

大瓶小罐排成了行，
油提儿上下忙，
交钱的收下，也可以赊账，
没钱的他老王奉送几两。

哪承想，这条汉子，
前几年还来靠门框，
一个“要”字喊不出口，
饿倒在路边脸蜡黄。

东家接济西家帮，
抹不掉泪两行，
那年月救急不救贫，
城乡同拴在一个穷字上。

走了，小磨香油王，
留下的香味那么长，
昨天他还上了《市场报》，
这名牌正该着由他创。

1980.2

插 篱 笆

竹一把，篾一把，
谷雨插篱笆，
半边篱笆未插起，
春风也往上倚，
春光也往上爬。

等急啦，等急啦，
十年一把铁扫帚，
院里不见绿芽芽，
听不见鸡，看不见鸭，
唉！这叫什么家！

老汉心里谱儿大，
地上把图画，
这儿串豆，那儿吊瓜，
那畦叶子烟，

我就让了吧。

老婆不跟他吵架，
拽住就往屋里拉：
兔宝宝，鸡娃娃，
笼里一对扁嘴鸭，
等你烟瘾上来了，
抓给一把蚕豆花。

插篱笆，插篱笆，
半边篱笆未插起，
多少欢喜上头挂，
一支合唱队，
一幅水彩画。

1980.5

抹水泥缸

南风阵阵麦梢黄，
丰收要上场，
家家户户抹子响，
欢天喜地，
正抹水泥缸。

那些日子真够呛，

粮柜如空空的胃，
口袋像瘪瘪的肠，
一家大小嘴几张，
都挂在购粮证儿上。

过黄河，跨长江，
光喊号子不摇桨，
空抱一个铁饭碗，
喝的大锅汤。

政策落实人头上，
预分方案贴在墙，
盆盆罐罐小家当，
这多的粮食往哪儿放？

抹子声声响呵，
小调儿轻轻唱，
像给闺女绣新衣，
像给小子盖新房，
精描细画好时光。

1973.10

买　茶

大伯赶了一趟集，

没有听戏，没有算卦，
买了一大包香茶，
以示隆重，
还买了个漂亮的铁匣。

他抱着那香茶，
像抱住了一个古老的神话，
不时打开闻几下，
一路空气都香啦，
连叼了几十年的烟袋，
也不知忘到了哪儿。

嘿嘿，笑这怪物，
头几年真叫他害怕，
大队长儿子结婚抿了一口，
一夜眼都不眨，
高粱窝窝多吃了俩仨，
穷肠子怎搁住它刮？

如今，日子肥啦，
需要帮助消化，
听电视机上讲，
它还治老眼昏花，
生活的美景刚刚开始，
他，当然要多看几下。

1980.10

年　味

除夕，守岁，
红蜡烛淌着热泪，
可是，没有笑声，
那气氛好像是开会。

老人家坐不住太师椅，
离开了他多年的舵位，
把油皮包着的存折，
颤巍巍交给了晚辈。

活生生的劳动积累，
白白的几年酣睡，
勤劳人家养了些刁赖数字，
八厘利息也难以养肥。

打开这绿色的格笼吧，
让儿女们把它们放飞，
一辆“东风”，一台铁牛，
老闺女上学，需要自费，

儿女们爆竹一样跳出去了，
堂屋里显得昏黑，

独自斟杯刘伶醉，
老人家品着年味。

1982.3

露 水 集

晨星暗了秤星明，
赶集早进城，
筐里猪娃还没醒，
笼里公鸡正打鸣。

青椒、白藕、灯笼红，
街头添新景，
鲜鱼、老姜、嫩小葱，
吆喝好脆生。

看那买主不还价，
菜篮满了还要秤，
政策开花又结果，
只觉分量沉。

瞧那卖主手头松，
秤砣又挪几个星，
为了四个现代化，
只嫌贡献轻。

来匆匆呵去匆匆，
卖完去上工，
只有一地露珠不肯动，
还映着刚才的好风情。

1979.8

喂　牛

金黄金黄的豆面儿，
往牲口槽里流。
牛呵，嗅嗅，瞅瞅，
摇摇头，不敢下口。

这曾经是农民的贵粮，
吃时，得一粒一粒地数；
那年它偷吃了一口，
被打得鲜血直流。

饲养员的手在发抖，
想起来那饿怕了的年头。
他忍不住抓了一把，
至今羞愧还哽在咽喉……

牛呵，吃吧，让你吃够，

到了你驾车的时候，
只怕你吃腻了这金豆豆面儿，
还要求拌上二两香油！

地 界 牌

绳子拉，丈竿排，
老三，也分给你个界牌，
可不是再次搞“土改”，
莫当桑棵深深地栽。

是划给你一块战场，
让你把穷字斗败，
是分给你一条跑道，
让你参加“四化”竞赛。

是让你划清界限，
与那荒唐的年代，
再不能天天大呼隆，
秋后粮站去把队排。

是让你严格分开，
与那混日子的年代，
天天到地里耍烟袋，
秋后把嘴片挂起来。

老三呀，别再发呆，
快快，把它插起来。
这可是一把尺子，
到秋天量你的高矮。

1979.1

告别老茧

又是爱人的面颊，
敏感到这一场变异：
我掌心厚厚的老茧，
正在神秘地褪去。
褪不去的，是我
大脑皮层茧样的记忆。

说不上庆幸还是惋惜。
在反常的那个时期，
茧子是一种文凭，
没有它，
曾失去升大学的资格，
有了它，
甚至赢得了一位少女。

血和淋巴战争的废墟，

苦和乐有形的堆积，
如今在它的遗址，
往事还隐隐作痛，
密密的掌纹里，
录着我少年的哭泣。

一朵朵金黄的茧花，
也曾是我
“金黄山峦”
“金黄的打谷场”
“金色的盾牌”
和自鸣得意的诗句。

今天，告别了它，
像昨天离开了
板结的黄土地，
我的手轻巧多了，
像人类又一次丢掉了石器。
离开了土地的农民，
褪了茧子的农民，
白嫩的手，
倒有了十倍的力气。

1979.4

汛　期

社员富，
银行是水库。
——民谚

今年棉花收成强，
家家钱包涨，
社员储蓄的汛期到，
条条小溪，
涌向县银行。

早知今年增流量，
营业多开几个窗，
闸门昼夜不敢放，
好家伙，
大队还排那么长！

会计笔杆一支桨，
怎敌扑来千层浪，
满盘算珠浪花跳，
快来瞧，
水位一个劲儿涨。

从前有名的救济户，
手举存折找行长，
政策三年不变样，
存款数字年年涨，
怕你这格格不够放。

隔　壁

听呵听呵，
我听着隔壁，
那院里的婆媳，
是听惯了的一台戏。

高声地吵架，怄气，
低声地哭泣，叹息，
为少卖了一个蛋，
为多下了一把米。

媳妇要平等，
婆婆要规矩，
唉，还不是一个穷字，
窝在心里吐不出去。

听呵听呵，
我听着隔壁，

那院里的婆媳，
可是换了一份年历。

不断地欢声，笑语，
三两声秧歌，小曲，
才添了半导体，
又加上缝纫机。

媳妇包几亩棉花地，
婆婆包一院猪和鸡，
哈，别小看一个富字，
比三个调解员都有威力。

秋到太行

北方屋檐下

北方屋檐下，
悬挂过农民的梦。
谷穗编的鞭炮，
北瓜串的宫灯，
这是明年的籽种，
饿死也不能动。

可是却成了麻雀的乐园，
谈谈笑笑地啄食；
成了老鼠的目标，
沿着墙缝草绳；
等到播种季节，
希望早已被盗空。

如今北方屋檐下，
家家都扯起了电灯，
刚刚放下筷子，
便响起了读书声，
农民把丰收的种子，
贮藏在自己心中。

北方的屋檐下，

有了舒心的宁静，
蜜蜂衔来甜美，
家鸽带回晚风，
农民屋檐下有了，
再也盗不走的光明。

1980.10

秋到太行

秋到太行，
集体把它抱上场，
黄豆、谷子、玉茭棒，
堆成金山梁。

秋到太行，
社员把它捧上房，
大枣、辣椒、柿子筐，
铺成红海洋。

请太阳望一望，
才过了几个晚上，
咱们的山峪，
就变成了画廊。

请风儿想一想，

才过了几个早上，
生活的滋味，
就变得这样香。

那晚霞不声不响，
约它录了像，
让全国人民看一看，
今日太行啥模样。

1979.10

炊　烟

傍晚，我爱坐在山巅，
观察眼前缕缕炊烟，
或直或弯，或浓或淡，
我懂得那是山村特殊的语言。

三年困难，微弱滞缓，
淡淡青烟刚刚冒出房檐，
一把茅草煮一口野菜，
灶前大嫂无力地把风箱扇。

混乱时间，郁郁团团，
浓浓的黑烟夹着火星几点，
一灶湿柴燎一把炒面，

家家烟囱都吐着愤懑。

今天，看袅袅炊烟，
百户人家有百种表演，
每缕炊烟都是一根天线，
牵着一幅彩色的画面。

死里逃生的有福老汉，
正用筷子挑起二尺长寿面，
看那晃晃悠悠的炊烟，
不像他胡子笑得乱颤。

树不发青的光棍堂里，
今天也摆开了新婚的喜筵，
看那前仰后合的炊烟，
不像他喝醉酒的身段……

1980.3

老槐树下

几把蒲扇，一壶香茶，
老槐树撑开了大伞，
庄户人的凉亭、大厦。

月光如水，

从枝叶间泻下，
泼一幅写意的水墨画。

爱说的争着磕牙，
把那几年生活编成笑话，
笑呀，像凉水澡一样解乏。

爱吃的搬来了西瓜，
打开各自的话匣，
吃呦，十几年第一次消夏。

那儿有一双闲不住的巧手，
用花花绿绿的毛线，
编织她即将出土的嫩芽。

那儿躺着颗坦然的心，
四肢伸开，响着呼噜，
就地写一个有声有色的“大”。

老槐树下欢快的夜晚，
是农民心里的清晨，
活跃的思想都从这儿出发。

1980.5

玉米吐出了红线线

玉米吐出了红线线
无声的歌，有色的语言，
在小伙心里埋藏了多长时间！

从青梅竹马到长成青年，
欲吐真情又有苦难言，
她家是支书，他家是社员。

新政策给了他个机会，
一家分一块责任田，
只不过隔一道地边。

一封秘密又公开的信笺，
他把心迹都写在上面，
天天都呈献在她的眼前。

工工整整的方格格，
每个字都修改了无数遍，
风雨也帮忙润又染。

采取了农村的恋爱特点，
不轻浮也不敢浪漫，

只为心诚籽粒饱满。

玉米吐出了红线线，
花粉还需要风来传，
多简明的信她还没看完……

1980.5

心相印

歇　畔

后脑勺斜枕锄柄，
太阳穴半遮草帽，
一袋烟工夫的歇畔，
他赶紧把梦乡寻找，
看，眉心消失了烦恼，
嘴角泛起了微笑。

他那累疼了的腰，
可能正在座椅上靠，
骑上那新买的“铁牛”，
一边奔跑一边喊叫，
抛掉了刚才那难堪——
才锄半晌就落后一遭。

他那微微抽搐的手，
可能正把喷雾器摇，
用瀑布般的除草剂，
把刚才那次仇来报——
一棵芦根锄不掉，
倒捋起来两手泡。

一刻钟的梦多么美好，

听这鼾声就已能知道，
他那厢兴致正高，
哪听得见队长吹哨，
大烟锅才举又落，
不忍把他那脑壳敲。

他坐起来揉着眼，
那梦境揉也揉不掉，
下巴摇了几摇，
又拿起这沉甸甸的锄，
又面对这密丛丛的草，
脸上露出一丝苦笑。

1981.5

手　印

十亩棉田，包产两千斤，
合同上按下十个手印，
白纸上跳着十颗火热的心，
碧波上飘着十条红头巾。

十个手印，十条血管，
给这张白纸注入了生命，
十个手印，十颗铆钉，
再大的风雨也撕它不动。

惊蛰，这是十个育苗的冷床，
紧贴着姑娘们火热的前胸；
谷雨，这是十把移栽的铲刀，
指挥棉苗排好整齐的队形。

立夏，这是十把锄头串垄，
不许一棵杂草偷生；
秋分，这是十只快手巡行，
不让一枝棉杈长疯。

旱魔来了，不必担惊，
这是十口旺盛的水井；
虫灾来了，不用害怕，
这是十只喷雾的药桶。

十个手印按上合同，
十把鼓槌敲出响声，
十朵红艳艳的光荣花，
十个响当当的姓名。

1980.5

新 门 楼

拆了土坯小门口，

盖起水泥大门楼，
一副对联像红唇，
张着大嘴笑不够。

那又矬又窄的小门口，
让他低了多少年头，
穷日子不怕人偷，
出门怕信用社干部，
进门怕老婆闹孩子怄。

这又高又宽的大门楼，
使他的心也敞亮喽！
春风可劲儿往里吹，
两头犍牛并排走，
过辆手扶还不蹭轴。

他还要站在大门楼，
迎进一房儿媳妇，
迎进一年比一年粗壮的夏，
迎进一季比一季高大的秋。

他还要站在大门楼，
送出个上大学的老丫头，
送出越来越多的鸡、鸭、猪，
送出越来越多的粮、棉、油。

1980.3

把田种到一块

是谁的巧安排，
两家的责任田，
分得紧相挨，
脸对脸地搞竞赛，
好他一茬秋！
好他一茬麦！

是下给老汉的战表，
一篇比一篇厉害。
悔不改，
当初把媒人推门外，
想不到这毛头小伙，
不会进城找外快，
倒是一个田秀才。

是写给闺女的情书，
一封比一封可爱，
不意外，
看他人穷志不穷，
那次彩球没打歪，
出席县里劳模会，
成功哪用十八载！

一茬秋又一茬麦，
眼光比出了长短，
庄稼分出了高矮，
闺女佯装不睬，
老汉倒先说出来：
“要不，把田种成一块……”

1979.7

河　边

对门的大哥，
在河边洗涮正忙，
洗吧，昔日的泥污，
曾掩盖了他青春的光芒。

洗呀，洗呀，
搓板儿轻声唱。

洗去脸上的一层灰，
洗去衣上的一层脏，
洗去锅上的一层锈，
洗去心上几处伤，
粘在农民身上的穷呵，
搓三次肥皂把它洗光。

洗呀，洗呀，
肥皂沫儿像心花放。

洗出被面上的花，
洗出家具漆的亮，
洗出青春的彩，
洗出眼睛里的光，
模糊了多年的理想，
现在又洗出新模样。

洗呀，洗呀，
三月的河水不觉凉。

西村的白兰姑娘，
一连来了三趟，
再用不了三天，
就娶进新盖的瓦房，
她要是来动手洗呀，
准快得像洗衣机一样。

洗呀，洗呀，
三月的河水热得发烫。

大哥洗完了，
天地都被他洗亮，
他把心里的一切，
都摊开在太阳地里晾。

1980.5

希望的田野

他走进绿色的邮局

一个白羊肚毛巾，
闯进绿色的邮局，
他走进了神秘的青纱帐，
禁不住眼光迷离。

五尺柜台一道石堰，
他感到自己个儿太低，
肚子总算吃饱了，
开始觉得脑子空虚。

没有犹豫，他举起，
举起一叠人民币，
这数目可以买一箱白酒，
或者妻子的一身毛哔叽。

一口气叫出二十种报刊的名字，
熟悉得像数着他的亲戚，
从《植保》《养蜂》到《养鸡》，
还有《人民文学》《旅游天地》。

像交完了棉花预付定金，
他长长地松一口气，

粗拉拉的大手里，
攥着一大把收据。

像捉住了足够的化肥，
捉住一场及时雨，
捉住了一个好年景，
捉住了一台彩色电视机。

他走出邮局，哼着小曲，
眼前的阳光格外明丽，
回头记住墙上海报的日子，
他想，今天才走进了新时期。

1982.3

戴墨镜的农民

人们像瞧电影一样，
打量着玉米地里的年轻人，
仿佛那一副浅绿色的墨镜，
标志着一个不光彩的身份。

他淡淡地一笑，
低下头，锄把攥得更紧，
对于三伏天如箭的阳光，
以及背后和当面的议论，

他那两块浅绿色的镜片，
是一副浅绿色的盾。

他不怪叔伯们，
在太阳的曝晒下，
眼角堆着眵目糊，
眼珠蒙着火烧云，
还乜斜着，
用几千年的眼光看人。

他，一个戴墨镜的农民，
眼前是淡淡的天，
心上是浓浓的荫，
他相信，到秋后，
这墨镜和他的责任田，
将一同被乡亲们承认。

1982.3

一块奇异的土地

初春，晨曦里的菜市，
比韭黄和西红柿还鲜亮的，
是这位农村姑娘手上，
一个黑色的计算器。

人们忘记了菜价的昂贵，
都用惊异的眼光，
欣赏这产生诗意的，
一块奇异的土地。

然而，姑娘并不忸怩，
粗糙的手指从容地，
把她一家笨重的劳动，
变成一支无声的歌曲。

虽然，这简单的运算，
还不能表现农村的一切，
时代和科学还没来得及
把今天农民的思维编出程序。

但是，小小的荧光屏，
毕竟显示出生活的速度，
中国农村经济，已经
从算盘跳上了计算器。

1982.3

三棵石质的树

邢台县为王俊生等三位全国林业劳动模范立碑纪念。

太行群山，
弓弩般的曲线上，
又支起三枚箭镞，
三个发射架，
带着全县三十多双眼睛，
上升！

那三个，
我们熟悉的剪影，
一夜间，
变成了化石，
三个凝固的信念，
三个有棱角的姓名，
三个姓“林”的人。

那是太行山上，
三棵大树，
三棵树干，

三棵石质的树干，

顶天立地，
撑起三百里绿荫。

那是银杏一样
名贵的树种，
比白杨挺拔，
比青松坚韧，
在贫瘠的土地
扎下了深根，
用遒劲的线条，
书写绿色的爱情。

经过多少次久旱，
经过多少次暴风，
为什么不曾倒下？
针对许多疑问，
你展开自己的剖面，
让一切风雨，
让一切目光，
读你竖写的年轮。

三座石碑，
三页书，
一部太行山当代史，
留给后辈子孙！

空中花园

阳光，小小的空中花园

望见你就眉开眼笑，
我家小小的空中花园，
五颜六色的花开了，
最美的一朵是小女儿的嫩脸。

我体态轻盈的妻子，
过早地凋谢了红颜，
经受过十年的干涸，
她更懂得浇灌春天。

让我们心爱的小女儿，
永远生活在花的中间，
我家小小的阳台，
应该是美的摇篮。

1981.2

长吧，儿子的脚

儿子刚满十三岁，

鞋已穿到四十二号，
一次又一次的突破，
趾甲是锐利的尖刀。

不像爸爸净穿小鞋，
不像奶奶缠过裹脚，
是他的脚在要求鞋，
每一双都要解放号。

长吧长吧儿子的脚，
全家都把你另眼相瞧，
爸爸妈妈都涨了工资，
供你吃肉，供你吃面包。

高山等着你攀登，
纪录等着你创造，
几代人都在盼望——
我们中华民族的身高！

1981.2

粉刷后的墙壁

把我新分到的单元，
粉刷成淡蓝色的墙壁，
这四十五平方米，

立刻改变了天气：
变换了儿子的脸色，
舒展了妻子的笑意，
一种合适的温度和湿度，
在把幸福孕育。

我们生活的节奏变了，
一支海洋的抒情歌曲，
激情在写字台涨潮，
理想在天花板鼓翼，
小女儿煞有介事地，
学习世界冠军陈阿姨……
在这有限的空间里，
蕴藏着一种很大的动力。

一层淡淡的色彩呵，
添了浓浓的惬意，
我们生活的天幕上，
也有月华也有晨曦；
一层淡淡的色彩呵，
重重地抹掉了过去，
那寒冷、枯燥、紧张，
那失望、忧郁、恐惧……

1981.2

我做了四个书橱

让咱们一起迁入新居，
我可怜又幸运的书，
我有了一套三室的住房，
有了四个一组的书橱。

这些年的压抑生活，
你们比我受了更多苦，
蜷曲在墙角下、床下，
历尽了尘封、虫蛀。

我们一同见了天日，
感受到春天的温度；
我们都还不老，
只不过一场冬眠又复苏。

两种生活的煅接处

娘从乡下来，
经常暗自长喟，
娇生惯养的孙女，

怪她做的饭菜没味。

老人家只有朝我发脾气，
嗔我忘记受过的罪，
从当年讨饭路上，
讲到今日的穷队。

孙女当作故事听，
追问奶奶的泪水，
爱人赶忙打岔，
强调孩子功课太累。

只有我张口结舌，
不知道该责怪谁，
在两种生活的煅接处，
自然要多挨几锤。

1981.2

接到准迁证

我接到一张准迁证，
像又一次迎接新婚，
真兴奋得难以入睡，
就要告别十几年的“单身”。

没托关系，没走后门，
书记双手捧来了佳音，
人说职称是不飞的鹊桥，
书呆子也交上了好运。

满屋旧友为我祝贺，
火炉、饭盒、洗衣盆，
准备迎接新的来宾，
油盐酱醋和生活的芳馨。

天明我才打了一个盹，
这张纸还紧贴在前心，
一忽儿变成了绿茵，
一忽儿变成了白云……

1981.2

存　折

生平第一次有了存折，
和妻子都忐忑不安，
不知是请来个财神，
还是会尾随来个撒旦。

怕它财大气粗，
收买去我们的勤俭；

怕它乱花光阴，
贬值了我的诗篇。

更担心两个孩子，
把出身错填在上面，
忘记大人半生艰苦，
它也可能变成我们的债单。

1981.2

夜 深 了

夜深了，她还趴在，
缝纫机改造的书桌上，
用铅笔和计算尺，
做电大高等数学，
再不用剪刀和铺衬，
缝补拮据的生活。

儿女们早睡熟了，
我知趣地退在一个角落，
偷偷地移过去台灯，
看她从容地把昨天与今天，
两点连成一条直线，
连接上中断多年的理想和功课。

这中间，
短暂的新婚的甜蜜，
长久的生活的苦涩，
办公室打不完的瞌睡，
回来干不完的家务活，
一切都像那些演算稿，
被她用橡皮轻轻一抹。

再不满足贤妻良母的美誉，
她开始需要技术职称，
和第一等的工作，
像只鸟儿不再恋窝，
她振起了翅膀，
去领略天空的广阔。

1981.2

卖 破 烂

货郎鼓给了我启示，
我的房间应该清理一次，
那穿了多年的“运动”服，
那戴破了的旧帽子，
还有山样高，
装潢漂亮的“废纸”。

收购员眉开眼笑，
一秤、一秤、一秤，
小小的秤砣，
打不起我沉重的往事，
难道这就是我黄金的青春，
留下来的价值？

邻居们用惊疑的眼光，
瞅着我到手的一把票子，
我大笑着一天把它花光，
换一方穿衣镜，
一瓶“味美思”，
还有几本我喜爱的新诗。

1981.2

金 莲 花

当地说金莲花能治气管炎。

绿绿的草地上，
升起一炷炷火焰，
贮蓄了一冬的热，
怎不尽情地燃！

我采着金莲花，

擎起一个火把，
一股暖流，
在浑身流传。

看到远方的妻子，
下班后紧张地做饭，
脖子上的汗珠，
连成一副项链。

而我却像只候鸟，
夏——北，冬——南，
留给她柔弱的肩上，
一副生活的重担。

我并不脸红，
承认是“妻管炎”，
见了她说话气短，
病根儿是懒。

诗酒生活

我有一架舢板

我有一架舢板，
——我的单人床，
经常地风送浪推，
载我去远航。

去看过钱塘潮，
去游过富春江，
在葛洲坝合拢的日子，
我经常溯流而上。

去闯过比斯开湾，
去靠过鹿特丹港，
在黎巴嫩危机的时候，
我经常远涉重洋——

一切都成了相对距离，
我借了爱因斯坦的光，
我庆幸我的缪斯，
有这样一副翅膀！

我有一架舢板，
——我的单人床，

几十年惊涛骇浪，
它还和新的一样。

1981.2

听鼾

1980年9月12日，济南，听同室鼾声有感。

老头子打呼噜，
是俺听惯了的歌，
长声短调好音色，
唱他一天的工作。

一会儿旋，一会儿磨，
一会儿铣，一会儿锉，
翻身扭脸憋口气，
快刀加油把大件车。

哪次加班也瞒不了我，
音调儿提高八度多，
又叫饿，又喊渴，
吧嗒着大嘴要酒喝。

哪夜听不见他的歌，
反倒教俺睡不着，

准是谁又给他上了政治课，
一股闷气儿在心里窝。

听　酒

书房三壁，
林立的酒瓶，
夜深人静，
飘落阵阵涛声。

洋河喧闹，
汾河平静，
岷江卷千堆雪景，
赤水刮一阵清风，
“丛台”上游，
是粗犷的黑龙洞。

有几多酒瓶，
就有几多喉咙，
对着我的耳膜，
进行诗歌朗诵。

李白，晋祠流水，
杜牧，雨里牧童，
杜甫，残杯冷笑，

曹操，临江槊横，
那苏轼手舞足蹈，
要把那月牙儿当钟。
耐不了满座高朋，
诉说相思别情，
经不住四面八方，
频频传来酒令，
都像胸膛里那条小鱼儿，
拍下来的钓绳。

开　酒

摇摇酒瓶，
摇出满天繁星；
打开瓶盖，
打开一个梦境。

闷热的天气，
刮来一股清风；
干旱的土地，
听到淅沥雨声。

十万个味蕾，
开始了游泳；
十万只蜜蜂，

飞进了花丛。

“耶稣的血液”，
注入我的生命，
一介凡夫俗子，
与上帝息息相通。

缪斯的火焰[1]，
在周身蒸腾，
舌头大了，
敢说我即艾青。

小杯典雅，
满口清芬，
一首首吟着《诗经》；
大碗豪放，
浪上飞舟，
一阵阵升上太空。

品　酒

品酒，品酒，
可美了舌头，

[1] 艾青有诗称酒“火的内容，水的外形”。

十万味蕾驾起小舟，
在酒海里畅游。

飞过座座春山，
摸到紫雾的轻柔，
掠过片片花海，
听见百鸟的歌喉。

玛瑙红的色彩，
把多少朝霞吸收，
玫瑰香的芬芳，
把多少花期保留。

从果园姑娘的手指，
到酿酒师傅的心头，
从蜂恋蝶闹的枝间，
到经年陈酿的酒篓……

先生的题词，[1]
巴拿马赛会的风头，[2]
评价今日烟台酒，
都显得远远不够。

多少酒瓶眼前走，

[1] 烟台白兰地即“张裕白兰地”，1912 年，孙中山先生在考察张裕葡萄酒公司时，亲笔题赠“品重醴泉”。

[2] 张裕白兰地在 1915 年巴拿马太平洋万国博览会上获金质奖。

流水线上似江流，
我愿爬在长江尾，
每个浪头尝一口。

1980.9

诗人的笔

诗人的笔哟，
有各种各样的型号：

有的蘸着红墨水，
吹过大大小小的肥皂泡；

有的装着褪色灵，
能把各种错误涂掉；

有的装满了涎水，
为高官厚禄滴答落；

有的灌足了机油，
只把各种关节膏；

有的裹着一个泪囊，
一天到晚地哭；

有的安着一根唱针，
不住劲儿地笑；

有的是一杆焊枪，
喷嘴在炽烈地燃烧；

有的是一管注射器，
推着杀菌的药。

中学回忆

进 校 园

心拳拳踏进校门时，
身高猛地降低了三尺，
一切的骄傲和自满，
都缩回到它的最小值。

虽然两鬓抽出银丝，
在这里我永远是孩子，
无须再惊动传达室，
教室里永远有我的位置。

摸摸提包里的作业，
还要交给老师批示，
掂掂手里的试卷，
不禁一阵面红耳赤。

想起我同班的学友，
也许都正风云一时。
难得你们回来一次，
这儿有座无形的下马石。

1984.5

班 主 任

当了一辈子班主任，
您是儿女最多的母亲。
也许对我花费心血太多，
一见面格外地亲近。

从您斑白的双鬓，
看到了我荒芜的早春，
是哪条深深的皱纹，
为我辛勤地耕耘？

听说您颈椎增生，
我心里隐隐作痛，
是我们过多的错误，
增加了您身上的负重。

看见远道而来的学生，
您变得比我还年轻，
我该用怎样出色的成绩，
增加您脸上的笑容？

1983.5

我想到的黑板

一出世便成为烈士遗孤，
我的身份变得特殊，
到处是爱怜和同情，
到处是笑脸和爱抚，
连母亲也舍不得数落一声，
我曾经是一棵疯长的小树。

只有教室里的黑板，
不肯对我有一点照顾，
每一次被叫去板演，
都展览我的笨拙和错误，
甚至把贪玩和逃学，
也暴露得一清二楚。

逼得我面红耳赤，
一次又一次向它认输，
它还是板着铁青的面孔，
一点儿也不肯饶恕，
绝不优待烈属，
它呀，总是那么冷酷。

亏得它总是那么严肃，

假如它也笑脸相迎，
把保存我身上的疯杈，
当作是优抚和爱护，
可能长到四十四年，
我还是一丛灌木。

呵，教室里的黑板，
我学生时期的严父，
后来我走出了校门，
也没有走出他的监护，
身后总有一块黑板，
写着我的知识和觉悟程度。

1983.5

地理教师

我从乡村茅舍走来，
只认得独轮车下，
如绳的田间小路。
妈妈带我赶集，
小镇的几条大街，
就足以把我转悠迷糊。

是留山羊胡子的地理老师，
打开了我童年的视野，

铺开的中国和世界地图，
给了我山脉、河流，
给了我航线、铁路，
给了我幅员和气候，
给了我方向和速度。

悔不该有那一次提问，
“老师，你可去过犀牛潭，
见到过黄果树瀑布？”
老师不自在地脸红起来，
眼角正含着两颗泪珠。
老师，教了一辈子地理，
南没到邯郸，北不过保府。

为此，我立志走遍名山大川，
每到一处都久久注目，
我的脚和我的眼，
都负有双重任务，
前方地平线上总有一个人影，
佝偻着身子为我引路。

1983.5

莫斯科之歌

抱起苏联儿童

每到一个城市，
我第一个愿望就是抱一抱那里的孩子。

那些碧眼金发，
白里透红的脸蛋，
鲜嫩得像深州蜜桃，
嘴唇都不忍碰一碰。

多么漂亮，好玩，
像抱起了静静的顿河，
抱起了肥沃的黑土地，
抱起了无边的大森林，
抱起了卓娅和舒拉的故事，
抱起了多年的梦境。

真愿这美丽和纯洁，
成为你们的永恒，
哪怕地球就此静止，
时间就此凝固，
让你们漂亮的脸蛋，
永远不长皱纹和胡子。

1987.8

过马雅可夫斯基塑像

我的心扯着耳朵，
爬呀，一直往高爬，
你这望不见顶的，
灵魂的发射塔。

你无形的电波，
曾经长期地，
在一代代诗人心田，
播种旗帜和鲜花。

七十年了，
功率没有减，
频道在增加，
我断言，你的覆盖面，
还会扩大。

1987.8

挽 联

红场上 365 天，
天天都是清明，
成千上万的人们，
赶来瞻仰列宁。

两行长长的队伍，
一副吹不走的挽联，
飘在风和日丽，
飘在雪天雨中。

挽联上的文字，
由各种发色组成，
我是一个工整的汉字，
浓墨书写着虔诚。

1987.8

列 宁 山

在莫斯科常常见到男子一身黑礼服，女子一身白礼服，到列宁山举行结婚典礼。

一棵吉祥的常青树，
引无数鸟儿来做巢，
黑、白鸟儿绕树飞，
啭着甜蜜的歌。

一只矫健的苍鹰，
配一只温柔的白鸽，
一株青松摇风，
伴一树梨花带雨。

在烈士纪念碑前，
在赫尔岑和他的战友
宣誓的地方，
举行海誓山盟。

快乐和幸福的起点，
从此两个生命合而为一，
一首优美的抒情诗，
之后是一部长篇小说。

1987.8

“钟王”与“炮王”

在克林姆林宫博物馆，“炮王”长4米，重约40吨；“钟王”直径6.6米，重约202吨。

好大的钟，
警惕的声音，
全俄罗斯都听得见。

好长的炮，
无限地延伸，
向世界炫耀强权。

一对洋矛盾，
印证着两千多年前，
中国韩非子的论断。

然而，在历史老人眼里，
不过是两个孩子，
在打闹着玩。

终于，一个德国顽童，
驾着古老的飞机，
加入了这场游戏。

1987.8

雄　鸡

案头彩绘木雕公鸡系苏联著名诗人罗日杰斯特文斯基所赠，那天傍晚他在森林别墅设家宴招待我们。

好呵，
你这大声疾呼派诗人，
天天，不叫早晨，
唤来那个难忘的黄昏。

给我一片白桦树林，
给我一扇敞开的大门，
给我一位海拔和我一样高的达瓦里士[1]，
给我一个至今脸上还发烧的热烈的吻。

用俄语和汉字，
谈论天气和音韵，
任筷子和刀叉，
品味和挑剔古今。

好呵，
你这花上衣的男人，

[1] 达瓦里士：俄语“同志”的意思。

天天，昂首阔步，
领我去欣赏那豪放的行吟。

在塔干卡剧场，
在阿尔巴特街头，
在涅瓦河边的工厂，
在西伯利亚的农村。

红场上的《二百一十步》[1]，
让太阳看得出神，
满天星星瞪大眼睛，
读那《寄往三十世纪的一封信》。

好呵，
相见恨晚的知音，
感谢你一声长啼，
叫醒了这样两个农民，

一个生在阿尔泰山[2]，
一个长在太行山村，
各自闻鸡起舞，
在格子田辛勤耕耘。

1987.9

[1]《二百一十步》《寄往三十世纪的一封信》是罗日杰斯特文斯基的代表作，前者曾获苏联国家奖金。
[2] 罗日杰斯特文斯基 1932 年生于阿尔泰边疆区两哈村。

基辅留影

巴比沟塑像留影

1941 年 9 月，德军攻入基辅，3 年内约 10 万名犹太人和苏共党员、战俘被害，埋于此，听说当时大地倾斜，震动不止。基辅人在此建立了遇难者群体塑像。

我毫不犹豫地，
与鬼魂们站在一起，
参加一次永久的抗议，
尽管是黄皮肤黑眼睛。

照片会显示我，
怒发冲冠，
两眼喷火，
是十五万遇难者，
一位天生的兄弟！

如同在祖国南京，
在故乡潘家峪，
血泊里的父亲，
烈火中的舅父，
也都直挺挺站在这里！

大家，

站成一座火山，
岩浆塑造的躯体，
永远不会冷却！

1987.8

索菲亚教堂

建于11世纪，是世界最优秀的古代建筑之一。墙壁里装有3000个空瓶子，音响效果极好。

参观这座举世闻名的建筑，
却需要闭上眼睛，
全靠耳朵，徐徐走进，
一阵浑然和谐的歌声。

漫游于乌克兰草原，
沐浴克里米亚海风，
心欢跳成一个音符，
加入这辉煌的合唱。

三千副圆润的喉咙，
唱一支古老的歌曲，
八百年不曾走调，
还与初演时一样新颖。

呵，索菲亚[1]，
摄人魂魄的智慧之门，
谁来到这里，
也会迷恋于艺术，
而忽略了其内容。

1987.8

走出民俗馆

基辅郊区有民俗馆，保留着18、19世纪乌克兰农村原貌。

告别发锈的镰刀，
告别疲劳的风车，
告别忧郁的果戈里，
告别愤怒的谢甫琴克，
告别不了阵阵苦涩，
草原的风还在心头打着旋涡。

走出发霉的草房，
走出木制的教堂，
走出阴暗的布尔卡瓦，
走出树杈上的蜂箱，

[1] 索菲亚，希腊语“智慧”的意思。

走不出漫漫的黑夜，
浓重的阴云遮住了阳光。

忽听伏尔加的喇叭声，
如同雄鸡一声高唱，
唤醒一场梦，
驱散了心头的恓惶，
走出去！走不出昨天，
自己就会成为昨天，
站在今天想过去，
许多东西都可以原谅。

1987.8

古桑吟

谢甫琴科故居院内，有株灰白色古桑，它是诗人活着的影子。

呵，你真的老了，
稀疏的毛发，粗糙的皮肤，
饱经风霜和苦痛的皱纹，
精力早为一个时代耗尽。

不老的是你的歌声，
远听，是那样清新，

近听，是这般苍劲，
弹一曲克甫扎，
连我的心都被震疼。

还似流放归来，
在故乡阡陌上行吟；
还似锁链郎当，
没改变农奴的身份。

正像中国那棵老杜，
不炫耀花朵和果实。
你一切都为喂养社会思考，
每片叶子都是一颗心。

1987.8

卡丽娜

卡丽娜，乌克兰特有树种，果实小而红，不是樱桃，汉语尚译不出。

你的名字，
和乌克兰最响亮的名字连在一起，
是农奴谢甫琴科嚼过的，
是画家谢甫琴科眼中的，
是诗人谢甫琴科笔下的，

他的第一本书的主人公，
就选择了你。

少女的朱唇，
吐露着青春的欲望；
农夫的烟头，
咂着生活的苦闷；
谢甫琴科火热的诗句，
撩拨着人心。

秀丽的外衣，
包着苦涩的回忆，
你这永远猜不透的，
乌克兰的神秘果，
诗人留下的遗嘱，
黑土地上空不灭的繁星。

1987.8

瓦杜丁森林

基辅城坐落在七座山头上，全城掩映在七座森林中，瓦杜丁森林是其中之一。瓦杜丁将军是卫国战争中解放基辅的将领之一，他的塑像矗立于林海之中。

瓦杜丁将军，

请接受一名中国公民的敬礼！
可你，风尘仆仆，行色匆匆，
顾不上听一句赞誉。

身后，百万雄兵，队列整齐，
枝丫如枪，林涛似鼓，
跟着你，那飘起的征衣，
是一面风扫千军的战旗。

控制了第聂伯河岸，
又占领了别切尔斯克山区，
基辅城七座山头一片绿，
直深入到每个街道、院里。

把干燥赶出去，
把荒凉赶出去，
向风沙收复一切失地，
用你十分充足的氧气。

解放者！
这才是真正的解放，
不是只让人民喘一口气，
而是给他们永远的自由的呼吸！

1987.8

涅瓦河

涅瓦河

住在列宁格勒饭店，
涅瓦河，
在窗外静静地流，
静静得没有涟漪，
像一页书，
叫人读得入迷。

忽然，它立起来了，
来自历史，
来自天际，
以那样的落差，
冲击我心上的轮机，
眼睛骤然亮了，
亿万神经串联起来，
全身变成一个导体。

此时
饭店一千个窗口，
朝它洞开，
涅瓦河的一千条支流，
都潮水正急，
黑、白、黄、棕，

各种皮肤，
都是它广阔的流域。
1987.9

舰 广 场

冬宫对面涅瓦河边一座广场，形状似舰，有华表似桅，称舰广场。

你从遥远中驶来，
从第聂伯河，从伏尔加河，
从涅瓦河那边，
经历过多少风浪，
怎么在这里搁浅？

是因为长久奔波，
需要解一下疲倦？
还是因为气候恶化，
需要避一次港湾？

是因为负载沉重，
需要进行一次精简？
还是因为儿女情长，
把片刻的宁静留恋……

也许过于追求威严，
才被江河们疏远；
也许行为过于傲慢，
才被同类们冷淡。

起锚吧，向着芬兰湾、大西洋，
五湖四海在召唤，
加入世界的船队，
在外星人看来，地球不过是
一条需要同舟共济的小船。

1987.9

900 支火炬

在列宁格勒保卫战纪念馆墙壁上有900支火炬，象征当地人民被围困的900天。

一个什么样的阵图，
这般光怪迷离？
难怪一阵狂虐的“台风”，
百万纳粹的铁蹄，
都被你击退千里。
而至今它的敌人，
还不能完全破译。

一个什么样的星座，
如此的浩渺、神秘？
使得一些相信上帝的，
和相信自我的，
都对它惊疑不已，
感叹和它之间，
究竟有多大的距离。

走出这一片灯光，
我心灵的底片，
才愈加清晰。
这是 900 支蜡烛，
一个伟大的国度，
能以用无与伦比的悲壮，
庆祝它 900 岁生日。

1987.9

眼　睛

皇村公园有一个小湖，少年普希金常在湖畔沉思。

诗人仙逝了，
只留下一只眼睛，
永远不知疲倦地，
望着俄罗斯天空。

岸边枞树，长长的睫毛，
掩着碧蓝的瞳孔，
慢慢走近它时，
是那么明媚动人。

可是乌云压城时，
也曾怒海般汹涌；
可是“台风”[1]袭来时，
也曾溅起火星。

我来看它时，
它是那么深沉平静；
我要离开时，
它又那么脉脉多情。

1987.9

拐角楼

陀斯妥耶夫斯基故居在列宁格勒[2]铁匠胡同和另一条街拐角楼上，面对教堂，他一生都喜欢选择这样位置的房子。

[1] 1941年纳粹实行“台风”计划，围困列宁格勒。

[2] 即圣彼得堡。

他从这个角度，
从这棱镜观察俄国，
透过浓重的雾，
透过铁黑的夜色。

透过彼得堡的宫墙，
透过贵族们的甲胄，
也透过知识分子的斯文，
和街头穷人的褴褛。

犀利的目光，
对每个人剖析。
连高尔基和鲁迅，
都说过他过于冷酷。

看一边贵族的路，
一边铁匠的街，
两股人流怎样通向教堂，
合成一个汉语的人字。

他也在暴露自己，
把弯弯的身形，拖地的长衫，
忧郁的褐黄色的眼睛，
正服苦役的灵与肉，
装在那玻璃窗子后面，
展示一个批判现实主义作家的标本。

1987.9

看　吧

列宁格勒女诗人波里索娃请峻青、梅绍静和我到家中做客。她说她曾在远东工作过，曾多次在黑龙江边境用望远镜瞭望中国。

再不必借用望远镜，
瞭望黑龙江南，
这不，老中青三代人，
半个世纪的中国，
坐在你面前。

看吧，目不转睛，
从头到脚，
像读一本诗，
从内文到封面。

看呵，那么眼馋，
那目光积攒了二十多年，
落在我身上，
有一种灼热感。

而且温度越来越高，
熔化了多少疑问，

把断裂的记忆，
往一处焊。

终于，又一次升华，
热情液化了，
眼角堆满了，
亮晶晶的发现。

1987.9

翻译尤拉

曾把你看作游动的界碑，
一面俄语，一面中文。

原来是一座桥梁，
连接着两国人民的心。

面对语言不通的社会，
我曾当了几天聋哑人。

是你治好了我的忧郁，
用带电般的眼神。

你修长笔挺的身姿，
像小白桦树一样动人。

从你哗啦啦的语言，
我听到了一座森林。

代表团离不开的“编外”，
事事办得叫人称心。

难怪你那样钻研孟子，
处处体现着那个“仁”。

1987.8

五 花 林

霜来了，悄悄地，
几乎不留什么痕迹，
淡淡的早霜施展魔力，
转眼淡化了大片浓绿。

枫红了，红得耀眼，
桦黄了，黄得妩媚，
风撒着欢儿炫耀，
给森林换上五彩的新衣。

鸟儿们惶惶不安，
与树叶一起战栗，

可怕呀短暂的美丽，
紧接着就是漫长的冬季。

1987.9

大海拾贝

航海日志

一场灾难过去，
有人不再写日记，
因为坦白和赤诚，
往往被当作批判的证据。

只有你始终如一，
严格填写自己的行迹，
因为伪造和欺骗，
会把后来人葬送到海底。

1978.2

桅灯（外一首）

不羡慕岸上的灯火，
不留恋故土的温情，
甘愿站在高高的桅顶，
守卫一舱甜蜜的梦。

浪扑来，怒目圆睁，

雾压来，憋得眼圈红，
不管面临何种险情，
从不眨一眨眼睛。

风浪中一颗火亮的胆，
夜海里一颗吉祥的星，
看对岸的码头口上，
多少双笑眼分享你的光明。

1980.2

缆

缆呵，大海的缰绳，
淌着浪，响着风，
是多少条经纬线拧成。

不喜欢在码头固定，
哪怕多耽搁几分钟，
也怕说是女人的辫绳。

乐于在海上驰骋，
即便是休息待命，
也被看作缚鲸的长缨。

1980.2

有　感

船儿绕道而过，
我才吓了一跳，
浪花最美的地方，
水下正是暗礁。

1980.2

海堡新景

一排排新房，
像船儿泊在港湾。

房顶电视天线，
是一片林立的桅杆。

每根桅杆下面，
挂一张银亮的帆。

把渔家的心呵，
带到很远很远。

1981.8

草原写意

初访青城

莫道草黄露冷，
秋风像朋友的手指，
掀衣怨我来迟。

我说此行正合时，
不曾欣赏花朵，
有幸看到果实。

土默特的秋红火热闹，
高粱染半天晚霞，
金瓜吊一轮红日。

乌兰察布的秋结结实实，
敖包似出笼的馒头，
浩特有溪流般的奶汁。

连草原的天都沉甸甸呀，
云在空中结茧，
风把它们纺成了丝。

那达慕[1]并未散场，
看呼市大街小巷，
都是比赛的雄姿。

到处举杯议论，
哈哈，摔倒了贫穷，
责任制真是个大力士。

举目博物馆楼顶，
内蒙古，我真正认识了你，
挣开羁绊，正在奔驰！

1981.9

昭君墓

辨阴山之脉，
追黑河之源，
我寻找草原春之行踪。

原来杨柳依依，
牧草青青，
千里新绿都从这儿蔓生。

---

[1] 那达慕：蒙古语，意为“娱乐、游戏”。是蒙古族人民每年农历六月初四前后举办的草原节日盛会。

一眼生命之泉，
细流叮咚，
千年来不曾结冰。

是一叶方舟，
欸乃有声，
为塞北载来春风。

怪不得先有青冢，
后有青城，
沙碛和风暴都埋入草丛。

原来一条林带，
一项绿化工程，
早在一千多年前就开始实行。

1981.9

蝴　蝶

花儿不甘寂寞，
要去拜访淖儿，
要去约会风。

它们真的飞起来了，

看翩翩蝶舞，
不就是花朵的身影？

起飞的憧憬，
羽化的爱情，
追逐着阳光和天空。

1981.9

百 灵 鸟

地上唱歌，
地上做窝，
连身上的羽毛，
也都是大地的颜色。

不学云雀向往蓝天，
不像燕子追逐暖和，
你执着地追求，
像牧民一样忠实生活。

你会唱动人的歌，
多如草原七月的花朵，
然而决不肯有一句，
做鹦鹉学舌。

草原之春音乐会，
赶来的花腔真多，
谁是草原真正的歌者，
只有风雪懂得。

1981.9

塞罕坝

练兵台抒怀

站在练兵台上[1]，
进行一次阅兵，
三百年后，古战场上，
又列出一个崭新的阵容。

五十四个方队，
一亿六千万士兵，[2]
铺天盖地，气吞山河，
几百里的绿色军营。

血气方刚的健儿，
都是一九六二年后出生，
统一服装，统一队形，
在我们面前健步通行。

枝丫挺枪，林涛鸣鼓，
在绿色的大纛下出征，
巍巍然，一道长城，

[1] 练兵台是塞罕坝曼甸突起的一座石峰，乌兰布通之战康熙曾登山练兵。
[2] 塞罕坝机械林场现有人工林五十四万亩，以每亩三百株计，共一亿六千多万株。

喝退了北来的漠风！

1985.9

一架窝铺

在茫茫林海深处，
发现了一架窝铺，
支撑的木棍快要发朽，
两边的草皮已经变腐。

在创业者的脑海，
它是一只不沉的方舟，
在来访者的眼里，
它是一树化石的珊瑚。

在那吃不饱肚子的年代，
它迎接来绿化宏图，
部署二十年造林战斗，
曾在这里运筹帷幄。

在那零下四十度的严寒，
它曾经是一台特号锅炉，
把一天风雪推出门外，
理想和野菜一起煮熟。

这一架简陋的窝铺，
是八十三万亩森林的苗圃，
这一眼绿色的喷泉，
是这无边林海的源头。

1985.9

三北防风林带

持“枪”而立的士兵，
每棵树都有名有姓——
风沙里挺着“刀剑”，
寒流里排好队形！

蜿蜒在茫茫塞外，
你是草原的缰绳，
一根长长的套马杆，
勒住旱魔的脖颈。

横亘在千里草滩，
你是绿色的田埂，
灌库囵一片绿，
浇浩特一色青，

你是祖国的腰带，
为祖国运足力气。

一行长长的文字，
向绿色的明天发出邀请。

1985.9

小滦河怀古

木兰围场一望无际，
还响着二百年前的马蹄，
小滦河弯成一张弓，
在夸耀康熙大帝的臂力。

把横断山搂在怀里，
把兴安岭搂在怀里，
把天山搂在怀里，
把冈底斯山搂在怀里。

然后，他隆起筋腱，
与北方的大熊较力，
把野心推后了三千里，
把寒流推后了三千里。

比李广还长的手臂，
不光有射虎的力气，
他还比成吉思汗，

多拿起了一支笔。

1981.7

滦 河 源

滦河，我在这里，
找到了你的童年，
一个迷路的孩子，
贪玩在多水的草滩。

眸子清清，
酒窝浅浅，
野花插满头，
萍叶贴满脸。

一会儿抱几朵白云，
一会儿放一行大雁，
忽闪忽闪的眼睛，
把一队队蝴蝶追赶。

后来，你玩累了，
伸开四肢睡得香甜，
忘记了村里的炊烟，
和母亲一声声召唤……

什么曲直，悲欢，
什么水利，洪泛，
你还没有听说过，
难怪懂事太晚。

直到跳下坝头，
结识了一座座大山，
你慢慢长大了，
同时也受到污染。

1981.7

林区小路

林区小路，
祖国的末梢神经，
最能触动爱，
触动感情。

林区小路，
祖国细微的叶脉，
流动着阳光，
流动着风。

我在这琴弦上跳跃，
脚步很重很重，

我想长安街上，
一定有它的回声。

我在这小溪里游动，
体重很轻很轻，
像是滴叶绿素，
与祖国常青。

1981.7

河西走廊行

疏 勒 河

你真的死去了么，
只留下一具空空的躯壳，
像牧人甩破的鞭穗，
遗留在荒凉的沙漠。

你真的远去了么，
只留下一道浅浅的车辙，
像牧人口头哼着的，
一首残缺不全的歌。

曾经是一条茁壮的青藤，
为历史增添过无限春色，
使多少英雄壮士，
采撷到火红的花朵。

岁月在此雄壮地流过，
浩浩荡荡，激浪涌波，
引多少诗人墨客，
争先恐后地唱和。

不相信，疏勒河，
你会这样轻易夭折，

丢下你的左邻右舍，
听凭风刀沙鞭宰割。

我猜想，疏勒河，
你不过是冬眠休蛰，
从来没有消失你的梦，
海市蜃楼不时地闪烁。

我和驼群一样焦灼，
我和牧草一样干渴，
我和风儿一起吆喝，
快快复活，疏勒河！

看飞机正把绿茵撒播，
吉祥正向沙漠徐徐降落，
大地将新生起绿色的肺叶，
鼓起你一条生命的脉搏。

1981.9

左 公 柳

马鬃山下，嘉峪关前，
一天风沙弥漫处，
兀立着一名“老卒”。

躯干佝偻，毛发稀疏，
虽然仅仅一百多岁，
却显得已经很古。

暗了色泽，哑了歌喉，
终日老守着一个孤独，
像一具不知年代的雕塑。

难说是敬重还是憎恶，
它没有大片的绿荫，
毕竟还保持了一块水土。

难说是漂亮还是丑陋，
它不是参天的柏松，
也还不是一丛灌木。

树，它毕竟是一株树，
该夸就夸，该撸就撸，
唯有被人遗忘使它痛苦。

1981.9

李 广 杏

甘肃敦煌有一种大杏，相传是汉将军李广从西域带回的芽嫁接而成，当地称李广杏。

春日里灼灼杏花，
可是将军摘下的盔缨，
阵阵寒风，
吹开了一副历史的笑容。

夏天里颗颗红杏，
可是将军留下的驼铃，
远远传来，
一千八百年前的歌声。

跳下战马，护心镜下，
带着体温的嫩芽，
是他苦苦寻找的繁荣。

拔出战刀，划破世俗，
他园艺家一样的心，
嫁接着各民族的友情。

也许在滚滚狼烟里，
他没见到成功，
花，只是他心里的憧憬。

也许在阵阵风沙中，
他没有尝到甘甜，
杏，只是他梦里的星星。

今天，品尝着这杏，

回味漫长的历史，
滋味是这般的浓。

甚至，从它获得了灵感，
现代化，引进和国情，
我的诗，借鉴和传统。

1981.9

月 牙 泉

翻过一架大山，
像拨开一疙瘩云团，
呵，终于看到了你，
两条弧线，一个半圆，
亮晶晶一面月牙泉。

你躲在沙门里面，
好生一个字：闲。
只留恋秦时明月汉时关，
还不知道人间，
早已过去多少年！

怀抱琵琶不肯弹，
是因为丝绸之路断了弦！
我当然懂得你，

默默无言总是怨，
一只泪盈盈的眼。

我特地来告诉你，月牙泉，
今天已是换了人间，
你身旁有了钢铁之路，
一条已经翻越天山，
一条伸向塔克拉玛干。

莫 高 窟

五百座石窟，五百个窗口，
洞开在鸣沙山岩壁上，
五百间艺术陈列室，
存放着历史的多少录像。

曾经轰动世界的艺术，
这不是文化的木乃伊，
泥土有活跃的生命，
颜料有深邃的思想。

英武的西汉，丰腴的盛唐，
丝绸之路商旅繁忙，
回忆到振奋人心的年代，
连泥菩萨也脸上有光。

五代的混乱，东晋的荒唐，
宝窟几乎被西方的骗子盗光，
说到历史的伤心处，
大泉河流成泪一行。

五百个窗口，五百双眼睛，
历史也一直从里向外张望，
含着期望，含着憧憬，
默默朝着太阳升起的方向。

终于五百双眼睛一齐发亮，
看到了祖国的烂漫春光，
它相信神话中的极乐世界，
不在西方，而在东方。

1981.9

我在古董滩上找寻

不怕大海捞针，
我在古董滩苦苦找寻，
不只是锈迹斑斑的，
五铢钱、铜箭镞，
还有一种不应发锈的精神。

那些汉使臣、唐将军，
为开发祖国边疆，
万里跋涉的脚印，
那些唐高僧、胡商人，
为发展经济和文化，
翻山越岭的足音。

这一切不应该，
被茫茫瀚海湮没，
在历史长河中沉沦；
也不应该仅仅当作，
学校的历史课文，
和博物馆的展品。

我在古董滩苦苦找寻，
寻找力量，寻找自信，
我觉得这五铢钱，
必能为繁荣经济出力，
我希望这铜箭镞，
能射中那些麻木的心。

1981.9

过青海湖

见昌耀

读你的诗，
威武如千里昆仑；
看你的人，
瘦弱如一块陨石。
长距离的消耗，
只剩下一把骨头，
花瓣和叶子都抖落在诗里，
只剩下干巴树干。

讷讷言语，
木木眼神，
石头般的沉默，
更增加了几分神秘，
想不到这样冷峻，
还会包容巨大的热烈，
和一个不安的灵魂。

从保定南郊，
铤而走险，
在瑶池下边，
做了大山的囚徒，
二十多年，

顶住了刮地的漠风，
撑住了山岳重的厄运，
难道就是这一根，
纤弱的草棍？

果然，
天降大任于斯人，
戈壁的蚌壳，
无休止地磨砺，
语言炼成珠玑，
心变成了真金，
大风在血管里呼啸，
你比我们
——更像一名燕赵人！

1989.8

倒淌河

一位元帅曾视察青海。

放弃了平原的坦荡，
割舍了海洋的壮阔，
你毅然流向贫寒的荒原，
做了一次痛苦而大胆的选择。

不去凑洪峰的热闹，
不去参加潮水的唱和，
你喑哑了响亮的声音，
情愿走向永久的寂寞。

纤弱的小草也需要母爱，
沙瘠的土地更难耐干渴，
你献出自己的全部的奶汁，
尽管它已经不多，不多。

生命在默默无闻中度过，
热情耗尽在沙原、荒坡，
直到化为涓涓的细流，
仍不失是一首慷慨的歌。

冬天到了，冰天雪地，
你的身影没有被大风吹没；
春天来了，万物萌生，
你泯灭的希望又全部复活。

我说，你并不孤独，
多少志士从你身旁走过，
从一千多年前的文成公主，
到一位更伟大的后来者。

我说，你非常显眼，

中国地图上一线浅浅的蓝色，
你也像长江、黄河，
滋润着我们伟大的祖国。

1981.10

鸟岛两首

静静的产院

五月鸟岛，一座静静的产院，
连风儿都蹑手蹑脚，
怕惊动这安谧的时间。

草滩铺开平平的软床，
阳光罩上洁白的床单，
云来了，轻轻拉上窗帘。

我后悔贸然前来造访，
给众多的母亲们带来不安，
不小心会一脚踏碎一窝鸟卵。

我应该带来红糖和糕点，
带来满天红霞裁襁褓，
举起花束和花一样的祝愿。

听软喙正轻叩光明之门，
这声音比一切音乐更动人心弦，
哈，就要钻出来一个明媚的春天。

1981.10

雏鸟试飞

小翅膀轻轻抖动，
向无限广阔的天空，
伸出两个嫩黄的叶片。

小翅膀轻轻抖动，
向无限遥远的航程，
张开两挂崭新的风帆。

一遍又一遍，
把非常顽强的信念，
歪歪扭扭地写在蓝天。

一天又一天，
为了矫正学飞的动作，
把青海湖水当作镜面。

天感动了，
吹来轻柔的风，
为它们擦汗。

水激动了，
跳起来束束浪花，
为它们祝愿。

1981.10

柴达木之歌

道　班

四十里一户人家，
寂寞吗？
有喇叭不断对话，
经纬线在足下交叉。

四十里一户人家，
干个啥？
路面是一畦田园，
电杆是一行庄稼。

平展展的地上，
盛开着密麻麻轮花；
光秃秃的秸秆，
结出了朝霞晚霞。

像路面一样，
坦然而开阔的心境，
像电杆一样；
正直又无私的人家。

1981.8

穿越历史

从日月山出发，
我们穿越历史，
被冷落的岁月，
早已古旧得发黄。

沙丘断续，象形文字，
让人读不懂，
听不见羌笛，
阳光枯萎着，
风儿疲惫了，
卷曲在红柳下，
守着寂寞。

公路伸进去，
注入一阵风，
惊醒了茶卡——
蓝色的瞳孔，
水底摇动着，
文明的诺木洪。

不是蜃景欺骗眼睛，
盛装的香日德，

华丽又庄重，
飞机的翅影，
铁牛的吼声，
叙述着一个古老的梦。

1989.8

收获阳光

香日德日照长，小麦亩产2000多斤，千粒重为华北平原的一倍。

地球上，这里的农田，
最接近太阳，
阳光慷慨地给予，
似瀑布飞泻，
江河流淌。

香日德的阳光，
色泽最淳，
味道最浓，
静静地听，
还有声响，
对绿色有一股，
初恋的力量，
坦诚地倾吐，

热烈地追逐，
直到天天画像。

云不来打扰，
雾不来打扰，
风反而来帮忙。

陶醉了，
液化了，
凝固了，
都是太阳的肤色和形状。

1989.8

八月黄昏

八月的格尔木，
黄昏很长，
下午十点，天边
还贴着一个太阳，
漫不经心地，
把树影儿斜画在地上。

老寿星，
白眉毛盖着眼眶，
葡萄酒丝，

坠在胡子上，
慢板的秦腔，
唱的是苏武牧羊。

鸡腿裤小伙，
大辫子姑娘，
从马拉松比赛，
扯到毛纺厂，
马路耐心地陪伴着，
把话题引向远方。

围棋枰上，
双方争夺战场，
卖牛肉面的，
吆喝抻得老长，
露天舞会，
几盘磁带对接上。

夕阳搀着醉汉，
晚风带着瓜香，
还是戈壁空旷，
放得下这般安详，
还是高原宽广，
容得下时光徜徉。

1989.8

格尔木河

东来的黄河，南下的长江，
都去投奔富庶和海洋，
有谁听嘤嘤泣诉，
来自北边的荒凉，
饿倒的骆驼，
渴死的牛羊。

雪山流泪了，
抛出一副热心肠，
急急忙忙，
跌跌宕宕，
去寻找金牧场。

世世代代，
气候无常，风沙猖狂，
春天一直在捉迷藏。
它终于耗尽力气，
空河床是一管古老的羌笛，
由风吹着悲怆。

一天被将军拦住，
请到他的望柳庄，
推心置腹一席话，
相见恨晚，
热泪汪汪，

一下子心明眼亮。

格尔木河，
欣喜若狂，
结束了流浪，
投入马达歌唱、钢铁交响，
钻进阵阵林涛、层层麦浪。

1989.8

汽车城

格尔木市有成千上万辆汽车为西藏运输。

相隔万水千山，
这里是西藏的口岸，
所有的门窗都朝南，
听山那边的召唤。

“解放”路呵“东风”道，
每个门牌都是 28 号，
这个夜市好热闹，
天色不亮就飞走了。

司机楼里的红辣椒，
亮起了一炷炷火苗，

四千里冰雪高原，
它也是不可缺少的燃料。

1981.8

经察尔汗盐桥

是在天空飞翔，
还是在海上航行，
穿行在云朵与浪花之中，
好像骑一道长虹。

是小心走平衡木，
还是大胆地溜冰，
雪片往“玻璃”上抹油，
摩擦力快小到零。

几十颗心膨大了，
方向盘那么沉重，
六十五公里杂技表演结束，
司机才觉出轻松。

注：在盐湖上架桥极难，我国首创用盐水浇凝盐湖公路。

钾 肥 厂

我国缺钾肥，察尔汗建起的青海钾肥厂，解决了我国农业上一个重大问题。

死去的湖复活了，
绿色的载盐船，
搅起欢笑的浪花，
收割手不停地，
捕捞着神话。

白花花的钾，
跳跃着，
走进泛青的棉田，
走进撒欢的麦浪，
走进南方的甘蔗林，
走进北方的青纱帐。

仿佛听到，
麦苗刷刷刷扬旗，
玉米嘎叭叭拔节，
甘蔗噌噌噌蹿茎，
全中国都响起了，
动人的音乐。

那钾也汩汩地，

注入了我们的血液，
直觉着腿脚硬实，
腰板挺直，
头发都成为肥大的叶子，
哗啦啦地响。

1989.8

青 藏 线

攀上高山，
钻出云雾，
伸到世界屋脊，
一枝爬山虎。

曲曲弯弯，
山重水复，
观察西藏的，
一张心电图。

两千公里大动脉，
川流不息，
柴、米、油、盐，
诸多营养靠它运输。

五千米“禁区”，

高山反应挡不住，
一辆汽车一个红血球，
氧气供应得很充足。

“解放”换成了“东风”，
两天赶完一星期的路，
汽车的速度，
就是西藏的速度。

1989.8

送小放去西藏

在格尔木，
我们欢送你，
十双目光的焦点，
突然亮起来，
脑门一片高光，
你这沧州汉子，
像舞台上的英雄，
拱手一个造型，
扭身甩下一串朗笑。

笑声中，
我的心，咚咚，
十颗心，咚咚，

还有高适和田间，
心，咚咚，
为你加大马力，
大“东风”箭一样，
向南部群山射去。

群山如云，
渐渐淡了，
祝你一路顺风，
高山缺氧挡不住，
你这农民和大兵，
乡间的妻子会以为，
西藏和月球一样，
遥远而神秘，
早晚为你祷念
“阿弥陀佛”。

祝福你，
登上世界屋脊的，
第一个燕赵诗人，
带上十双羡慕的眼睛，
看看布达拉宫的八角街，
看看喜马拉雅和雅鲁藏布，
看看马丽华的藏北和萧蒂岩的世界之谜。
人往高处走，
诗往高处走，
青藏公路牵着我们的视线。

1989.8

倒计时

赴汤蹈火

——送和平医院战士赴北京小汤山

我敬上酒一碗，
送你们进京抗非典，
一九四八年攻打新保安，
一九七六年抗震救唐山。

国家养兵千日啊，
就是为了这一天，
好钢用在刀刃上，
就像这平静的老白干，
遇火才腾起烈焰。

辞别慈母娇子，
去与病魔决一死战，
赴汤蹈火无所怨，
要攻坚，能攻坚，
要“巷战”，能“巷战”。

穿了多年的白大褂，
今朝才最好看，
哪怕面前的病毒戴着“王冠”，
它是穿不透的银甲，

它是越不过的冰山。

真正的和平战士，
不光扫荡战火与硝烟，
还要捍卫绿茵和花园，
白衣战士赶到哪里，
都会飘起祥云一片。

2003.5.7

倒 计 时

风把沉重的历史，
一页页翻去，
正义走下漫长的一层层楼梯，
香港距离北京，
不过两千多公里，
回归的路呵，
却整整走了一个世纪。

盼呵，望眼欲穿，
心呵，怎能不急，
一位世纪伟人，
苦苦地等到耄耋，
度日如年地，
忍受着分离，

分分秒秒地，
盼望着团聚。

听，分针匆匆
归来的步履，
听，秒针嘚嘚
疾驰的马蹄，
归心似箭的人马，
越来越清晰，
从虎门、三元里，
有关天培、林则徐……

匆匆步履呵，
嘚嘚马蹄，
十二亿座胸膛呵，
都是回音壁，
四面八方响起
壮烈的进行曲，
如长城巍峨，
如大江湍急。

分针匆匆，
秒针嘚嘚，
团圆的发条上，
是五千万海外华人的凝聚力，
北京时间成为
全球的热门话题，
紫荆花盛开时节

降下米字旗。

岷　江

五一二，
震撼了中国和世界，
人人眉头刻一个川字，
个个心上悬一条岷江。

岷江，岷江，
人类经络的一个痛点，
地球皮肤的一处硬伤，
泪往这里流啊，
血往这里输，
江水颜色变红，
水温热得发烫。

岷江，岷江，
显影世界一副热心肠，
我们，
虽不能有福同享，
却可以有难同当。

哈密记事

农十三师地窝子

掘地为穴，
蓬莱藏身，
一代开国将士，
变成新时代的“猿人”。

雪在头上盖，
风在耳边滚，
投入大地的怀抱，
更体会到母亲的体温。

出门迎朝霞，
归来披星辰，
夜夜都有好梦，
鼾声如同地震。

青年结婚，
妇女临盆，
天南海北做近邻，
婴啼都带着乡音。

插草做门牌，
堆石做岗亭，

苗圃长出大森林，
这儿是新城市的前身。

今日参观如朝圣，
低头报门而进，
这平地上的莫高窟，
个个都是藏经洞。

2016.9

三塘湖风电基地

巴里坤草原上，1000 座风力发电机，绵延 90 公里，日发电 1000 万千瓦，白色机柱特别耀眼。

远望，一簇银针，
穴位选得很准，
激活草原的神经，
听到咚咚的脉音。

再看，一队海军，
整齐的白色方阵，
听到集合的命令，
朝着一个目标前进。

一块偌大的白桦林，

树冠是朵朵白云，
风吹叶片哗哗响，
弹起一千把马头琴。

满眼白色的桅杆，
都张开三叶的白帆，
千船竞发齐向前呀，
带动了整个草原。

走近，个个都是巨人，
把我们比成侏儒，
游手好闲的“驴友”，
都好似堂・吉诃德的门徒。

2016.9

沙　枣

你瀚海的珍珠，
在漠天的蚌壳里形成，
含辛茹苦多少天，
结晶了一脸痴情。

你是凝固的风声，
在我的心壁上共鸣，
风吹沙打多少天，

成熟了一颗心灵。

在干风如火的塞外，
谁还嫌你不够水灵，
你贡献给祖国大地的，
是一份没有水分的忠诚。

在春风不度的地方，
谁还嫌你味道不浓，
含在嘴里细咀嚼，
是一种语重心长的叮咛。

在没有人烟的地方，
谁还嫌你果实太轻，
亮晶晶闪耀在眼前，
一树沙枣是一天星星。

2016.9

哈 密 瓜

走进哈密瓜田，
走进一幅油画，
满眼绿色的阳光，
忘记了周围的风沙。

他递来一块哈密瓜，
递来一弯月牙，
一阵凉风扑面而来，
全不觉处在盛夏。

咬一口，脆又沙，
连瓜籽也忘记吐啦，
满腹蜜糖在溶化，
顿时解除了疲乏。

他那黑红的脸膛，
也是熟透了的笑呀，
两只眼又弯成了月牙，
流出了有滋有味的话。

哈密人，哈密瓜，
贮存了这么多甘甜，
是因为很大的温差，
是因为时代的变化。

2016.9.16

呼唤科学

为郭守敬塑像

在纪念我国伟大的天文、水利学家郭守敬750年诞辰时，可巧在他的故乡邢台县郭村发现一座石膏矿。

为了等到这一天，
大地才慷慨解囊，
为他死去数百年的骄子，
塑一尊石膏像。

既不是神，也不是佛，
也不要礼拜和供养，
他是个普普通通的人，
就生长在这并不高的山冈，
甚至还保留着山里人特点，
眉眼憨厚而倔强。

额上六道深深的皱纹，
仿佛还有汗水流淌，
是他开导的六条河道，
留在祖国的大地上。
高高的鼻梁是他一生的观星台，
智慧的眼睛汇集了满天星光。

总是行色匆匆，长袍卷着风霜，
总是心事重重，不住点着手杖，
他的眉头依然紧蹙，
莫非为去年四川的洪水？
他的脸色还是焦虑，
可是为了今春河北的旱象？

脚跟踩着大地，
眼睛望着天上，
高高的颧骨下，
有着深邃的思想，
高高的脑门上，
是历史凝聚的高光。
郭守敬，在我的心目中，
这就是你的形象。

1982.5

呼唤八仙

传说八仙是从蓬莱过海而去，再没回来。

我大声呼唤：八仙——
传奇中的民族精良。
你们从这儿出走多久了？
给人民留下这样多的痴想。

你们为何舍得离开热土，
莫非因为性格不合时尚？
你们为何含恨离开故乡，
莫非生活之路已经绝望？
步步有舌头搅起的风波，
处处是白眼织起的冷网。
说不定哪一时戳着皇宫忌讳，
同时，也把自己的丧钟敲响。
官吏对秀才的礼貌，
常常是回敬一记耳光。
你们愤然离去了，
给这里留下一片惆怅。

我想，我常常这样想，
仙人们不会把故国遗忘，
尽管它步履蹉跎，
尽管它景色荒凉，
尽管它社会的漩涡这样险，
尽管它历史的狭道这样长，
但它仍吸引着游子殷切的目光。
我猜那一次次海市蜃楼，
就是你们献给祖国的图样。

我站在蓬莱阁上，
一躬到地，向着海洋，
请回来吧，八仙！
今天的祖国真正变了样。

四化的宏图已经展开，
黄金台高筑在人民大会堂。
快回来各显其能吧，
为了我们多年的理想。

1980

大道歌

他走了，在这乡村大道

凤山镇怀念郭小川同志。

他走了，连连回首，
告别这塞北小镇，
把一方穷山绿水，
和乡亲们铁青的脸色，
都打进他的灰布背包，
使这乡村大道上，
离别的脚印是这样的深！
他走了，去为那位盲老人，
寻找一条平坦的大路，
那根竹棍还在他心头，
不停地探问。

这乡村大道呵，
曾是他启蒙的课本，
在上面匍匐学步，
从石头和荒草，
认识了乡村的贫困；
从土产和山珍，
认识了农民的早晨。
尽管有风波和坎坷，

尽管有曲折和险峻，
自从结识了红旗和草鞋，
他便懂得了一名战士的责任，
——向困难进军！

这乡村的大道呵，
是一种力的牵引，
他从这儿起步，
走向热河，走向天津，
走向长江，走向海滨，
走向北大荒，走向甘蔗林！
西出阳关，夜进塔里木，
雪漫天山路，高歌向昆仑，
条条道路，在他脚下延伸。

这乡村的大道呵，
是他最初的诗行，
一发而写不尽。
他创作春歌、秋歌，
他歌颂延河和太阳，
也讴歌战士、工人、农民。
他是一条出山的泉水，
天生一副高亢的嗓门；
他是一只展翅的凤凰，
高唱着热烈的战斗的歌声。

他不爱小桥流水，
他不爱闲花弱草，

他的诗呵有着——
江河的节奏，泥土的芳芬；
大海的气势，高山的雄浑……

他走了，不停地走呵，
风尘仆仆，汗水津津，
走向基层，走向民心，
甚至挤不出一点时间，
回来看一下父老乡亲。
但是小镇呵，并不责怪，
它骄傲，这穷乡僻壤，
蹿起一棵青松，高耸入云！

一走就是三十五年呵，
一个又一个清晨、黄昏，
大道在等候那熟悉的脚步，
小镇在等候着意外的欢欣。
呵，今天，终于盼来了，
大山的儿子，人民的诗人，
并不是一个人，而是一大群，
他的战友和学生们，
又聚会在这一条乡村大道上，
学习、探索、前进！

1979.8

父　亲

一

我刚刚落生十四天，
父亲就牺牲在前线，
就连他的烈士证书上，
也没有留下一张照片。
叫我想得好苦啊，
怎么才能见上一面？

当我受到大孩子的欺侮，
当我受到邻居们的白眼，
当我背不动柴筐，
当我推不动石碾，
当我为一颗黄杏眼馋，
当我听母亲低声长叹，
我觉得自己多么孤单，
常常一个人躲得远远，
和村外一株黄连树作伴，
等父亲来拉我回去，
要不，宁愿等一个夜晚。

后来，我懂事了，

知道父亲是一位英雄，
指挥过一个著名的模范连。
他只身深入敌巢，
瓦解了土匪的据点，
他策马旋风一般，
踏破了鬼子的营盘。
敌人悬赏他的头颅，
竟出价一万块银元，
在他牺牲的那天，
火烧云久久不散。

我再也不埋怨父亲了，
再也不觉得可怜，
几乎每夜的梦里，
父亲都邀我相见。
我领到的助学金，
是他按月送来的钱。
为给父亲争口气，
我的成绩总是遥遥领先。
假期里拾柴割草，
我能背起一座小山。
我是革命烈士的后代，
属于他那个模范连。

二

在那打倒一切的日子里，
连早逝的父亲也难幸免。

因为他收编过土匪，
被说成是土匪头子。
因为他当过地下交通员，
被说成执行“白区路线”。
我不禁拍案而起，
不许对革命烈士诬陷，
一气之下甩掉红袖章。
我，决不造这样的反。

常坐在楼顶平台之上，
我一个人默对星天，
哪一颗是父亲在天之灵，
怎么装着没有听见？
听说他有舌战群儒的口才，
听说他有深入虎穴的孤胆，
为什么不下来争辩？
难道也害怕这势头，
躲进飘来的那朵云彩下面？
为了排除胸中的忧烦，
我头一次来到天安门前，
是谁叫我立正，向南？
我的本能，我的血缘。
人民英雄纪念碑，
你是我的父亲！长到二十六岁，
我才第一次同你见面。
果然高大、威严，
像咱家乡的山尖。

我坐在石碑基座上，
第一次享受父亲给我的温暖，
我长大了，不好撒娇，
只有用泪水和他交谈。
针对我心里的委屈，
听父亲慢慢相劝：
一个小小连长算什么，
这也是一种考验……
一直谈到很晚很晚，
我第一次睡得那么香甜。
当我睁开眼醒来，
谁给盖上朝霞的毛毯？
真要感谢父亲，
像天神守护在我身边，
为了儿子的平安，
他的英魂宁愿蒙受不白之冤。
要不然，我说不定也会造反，
那对我们的家庭，
无疑会是一场灾难。

三

在父亲牺牲的年纪，
我也有了自己的儿女，
他们有了千倍的父爱，
却缺乏艰苦生活的磨炼。

他们设想爷爷如果活着，

一定会是相当高的干部，
会有小汽车、“大单元”，
会有电冰箱和彩电……
不会像我们排队三年，
还没等来一只煤气罐，
对烈士家属的优待，
仅仅是一年一副春联。

我又要拍案而起了，
像又听到一种新的诬陷，
这话让他老人家听见，
九泉之下也会不安！

作为革命烈士的后代，
我们要本能地选择牺牲，
牺牲的精神，
应该成为我们的遗传。

1979.1

理想篇

“来不及了”颂

王德恒烈士飞身扑向冰湖救人时，他父亲忙喊：“把衣服脱掉！”他边跑边说：“来不及了！”这是英雄留在人间的最后一句话。

来不及了！来不及
与年老多病的父母
留下一张合影，
来不及告别心心相印的妻子
和嗷嗷待哺的女婴。

来不及了！来不及告别
插队三年的农村，
朝夕相处的老农，
那汗水洒遍的土地，
责任田创纪录的收成。

来不及了！来不及告别
可亲可敬的师傅，
难舍难离的工棚。
工具箱的那串钥匙，
至今还在你身后叮咚。

来不及了！
刘阿姨还没有出院，
王大哥的下水道还没修通，
三天后是十八日，
钟大娘的煤还等人送。

来不及了！
与董副书记的谈心，
约定今晚继续进行，
已经琢磨了三天腹稿，
再修改一次入党申请。

来不及了！
文化补习班的数学，
明天上午真应该听，
去年工伤耽误上电大，
今年本想第一个报名。

来不及了！
再吹一次口琴，
再看一场电影，
明天就是元宵节，
院里孩子还等着你的花灯。

一切都来不及了，
来不及回忆短暂的一生，
那沉绿湖上的呼救，
是压倒一切的雷声。

一切都来不及了！
哪还顾及膝盖工伤隐隐作痛，
眼前已经有人跑上去了——
罗盛教、张华、雷锋……

一切都来不及了！
听那龙潭湖袖手旁观的起哄，
“立功的机会到了，
快上呵，大兵！”

一切都来不及了！
看那行将就木的萨特，
正摇动“人的价值”的幌子，
嘲笑共青团员的赤诚。

冰面好滑呵，
跌倒，又爬起来，
二百米距离，
堵着雪山、草地重重。

闯进死神的陷阱，
沉下，又浮起来，
二十分钟的时间，
你走完了两万五千里的长征。

沉绿湖，沉下了，
一个二十八岁生命，

可万千浪花的手臂，
簇拥出一位千古英雄！

骄傲吧，八十年代
也会有这样的青年，
白求恩安息的城市，
又获得了一个新的象征。

来不及了，
英雄匆匆而去，
只留下这一句话，
感天动地，铮铮有声。

可是，我们，
王德恒烈士的乡亲们，
还来得及，来得及思考
我们眼前的一切
和我们未来的路程。

1984.3

理想，绝不待业

——献给开创新局面的青年们

叮叮当当，
炒勺儿在响，

哒哒哒哒，
缝纫机在唱，
三尺门脸，
一块地摊，
我们青春的花朵，
在马路边开放。

夏天里推车，
卖五分钱一根冰棒，
冬天里送煤，
当一块钱一趟脚行。
一会儿白衣帽，
一会儿黑脸膛，
我们青春的溪水，
在大街上流淌。

大哥，小妹，
李子，小张，
我们的名字，
还没找到一张表格，
连一角钱的药费，
也没处去报账。
社会给我们的雅号
——待业青年，
绝不待业的是
——我们的理想！

一场重灾之后，

我们心里的田野
并不荒凉；
纵然先天不足，
我们希望的枝条
并不枯黄，
我们大伸着两手，
像两片嫩叶
——拥抱阳光；
像两只翅膀
——要求飞翔。

电灯，
不一定都要安装在
辉煌的礼堂，
热闹的剧场，
才算漂亮；
看默默无闻的路灯之花
开在光秃秃的电线杆上，
任蚊虫围攻，
蜘蛛结网，
怀抱一个炽热的理想，
夜夜战斗到天亮。

树木，
不一定都要长在
公园湖滨，
林荫道上，
才算排扬。

看沙漠里的红柳，
一丛丛其貌不扬，
风口浪尖，
奋战沙场，
把它们绿绿的心泉，
都无私地呈现给春光！

革命者并不都要有
金字招牌，
华丽装潢；
干“四化”并不都要在
党政机关，
国营工厂。
我们还没有资格
进入大集体
和街道食堂，
充其量不过是
三两人合伙小组，
匹马单枪的货郎。

尽管，
背后有人指点脊梁，
面前交织睥睨的目光，
有的老师为我们惋惜
——高考落榜；
有的家长为我们惆怅
——成龙无望；
有的同学为我们担心

——找不上对象，
看都不看我们一眼，
那些时髦青年
和摩登女郎。

去他的！
我们毫不自卑，
更不觉得窝囊，
高高地抬起头颅，
高高地挺起胸膛，
同样是祖国的儿子，
我们并不比谁
少一份空气，
少一份阳光。

一帆风顺的人，
未必不对真理淡忘；
道路曲折的人，
往往最富有理想。
我们鄙视——
吃老子的现成饭，
钻营关系网，
用茶水冲淡意志，
用酒精麻醉思想，
一心地媚外崇洋，
“大中华”叼在嘴皮上，
那些绣花枕头，
酒篓饭囊！

人的理想，
不是为了活着，
活着，
才为了理想。
我们骄傲，
我们是精神的
百万富翁，
半旧的工作服下，
有一个现代化的立体的胸膛，
它是伟大国土的一部分，
可供开采无限的能量！

马路边的工作，
也正好前进在“四化”的跑道上，
我们手中同样
有一根共产主义事业的接力棒，
半截白
——是过去，
半截红
——是未来，
为了理想的目标，
奋力奔向前方！

叮叮当当，
炒勺儿在响，
哒哒哒哒，
缝纫机在唱，

路边，道口，
大街，小巷，
是我们青春的节奏，
是我们理想在闪光！

1982.8